Grand, beau, fort, intelligent et globalement formidable, **Olivier Gay** est l'auteur de romans grands, beaux, forts, intelligents et globalement formidables (comme quoi il y a une vraie cohérence). Il a quitté son métier voici quatre ans pour devenir écrivain à plein temps dans le sud, et il est probablement en train de profiter de sa piscine pendant que vous lisez ces quelques lignes. Il a aussi tendance à aimer qu'on lui apporte des bonbons en dédicace (je tente, on ne sait jamais).

Pour Émilie,

Merci pour ton enthousiasme (et de ramener des amies !).

Bon retour au lycée en compagnie

FAUX FRÈRE, VRAI SECRET

de Léa et Mike !

Toujours se méfier des garçons trop parfaits.

Toujours !

Amicalement,

20.05.17

Du même auteur,
aux éditions Rageot :

Le Noir est ma couleur :
1. *Le Pari*
2. *La Menace*
3. *La Riposte*
4. *L'Évasion*
5. *Le Piège*

CE LIVRE EST ÉGALEMENT DISPONIBLE
EN FORMAT NUMÉRIQUE

www.castelmore.fr

Olivier Gay

FAUX FRÈRE, VRAI SECRET

CASTELMORE

Collection dirigée par Barbara Bessat-Lelarge

Loi n° 49-956 du 16 juillet 1949 sur les publications destinées à la jeunesse

Dépôt légal : novembre 2016

ISBN : 978-2-36231-192-5

Castelmore
60-62, rue d'Hauteville – 75010 Paris
E-mail : info@castelmore.fr
Site Internet : www.castelmore.fr

Pour ma sœur,
Anne-Laure,
parce qu'elle le vaut bien.

Chapitre premier

Je m'appelle Léa Chaumet, j'ai seize ans, j'ai les yeux marron, les cheveux châtain avec une natte sur l'épaule (un peu comme Katniss Everdeen, mais en moins *badass*), j'adore la lecture et la blanquette de veau.

Ce dernier point est très important pour l'histoire car, au moment où elle commence, je me trouve dans ma chambre, sur la mezzanine de notre petit appartement de la rue du Commerce, et des effluves de blanquette viennent me chatouiller les narines.

— Hum.

Je dis souvent « hum » quand je ne sais pas quoi penser. Et là, je suis clairement perplexe.

Je délaisse mon devoir de maths – un truc sur les suites qui me fatigue d'avance (je vous ai dit que j'étais nulle en maths ?) – et je me glisse silencieusement hors de ma chambre. La technique, c'est d'éviter la quatrième latte du parquet, celle qui ne peut s'empêcher de grincer même si on se contente de l'effleurer.

— Hum, je répète.

Il n'y a *jamais* d'odeur de blanquette chez moi.

Pour une raison toute simple : mes parents ne font *jamais* la cuisine.

Mon père, Franck Chaumet, travaille quinze heures par jour au moins et s'absente également la plupart des week-ends. Le soir, il avale deux tranches de blanc de dinde sur du pain de mie, debout dans la cuisine, les yeux dans le vague. Tout dans son expression, sa posture, ses sourcils froncés, indique à quel point il considère ces besoins matériels comme une perte de temps.

D'un autre côté, s'il mangeait des trucs meilleurs, il apprécierait peut-être plus.

— Tu pourrais au moins t'asseoir, je proteste parfois.

— Je pourrais, mais le travail n'attend pas. Désolé Pupuce, je file.

Il gobe deux Tic Tac à la menthe, m'embrasse sur la joue, et emporte ses dossiers dans son bureau.

Pour ses quarante ans, je lui ai préparé un gâteau. J'y ai passé des heures, les yeux fixés sur un tuto YouTube afin de ne pas rater la recette. Je me suis mis de la farine jusque dans les cheveux et je me suis cassé un ongle sur l'émail du plat, mais ça en valait la peine.

Il y avait tout : les bougies, la lumière éteinte, et même une banderole que ma mère avait achetée au magasin d'en face.

Papa est rentré, a regardé le gâteau sans le voir, sa femme et sa fille en train de chanter *Joyeux anniversaire.* Pour la première fois depuis longtemps, il a perdu son expression hantée.

— C'est pour moi ?

— Bien sûr que c'est pour toi. C'est ton anniversaire !

— On est déjà le 7 novembre ? J'avais complètement oublié !

Il s'est approché, a embrassé ma mère, s'est tourné vers moi. Puis son téléphone a sonné et, avec un sourire d'excuse, il a disparu dans son bureau.

Il n'en est pas sorti de la soirée. Je suis restée à table longtemps, les yeux rivés sur les bougies en train de fondre. C'est amusant, quand on les regarde ainsi, on a les yeux qui s'humidifient. C'était un peu comme si je pleurais, mais pas vraiment, parce que je n'allais pas me mettre à pleurer à cause d'un stupide gâteau.

Finalement, ma mère a rompu le silence.

— Il faut l'excuser, il a beaucoup de travail en ce moment.

— Il a toujours du travail, j'ai marmonné.

J'ai regardé le cadeau que je serrais sur mes genoux dans son emballage aux couleurs criardes. J'avais commandé un mug personnalisé sur Internet, avec une photo de mon père vêtu d'une cape et l'expression « Super Papa ».

— Il a accepté de nouvelles responsabilités au sein de son département. Tu sais, ce n'est pas facile pour lui non plus. Il est directeur de recherche, maintenant.

Je n'ai pas répondu – qu'est-ce que je pouvais dire, de toute façon ? Je suis partie dans ma chambre en claquant la porte, puis me suis jetée sur mon lit. Là, les larmes ont jailli. Il faut croire que j'avais trop regardé les bougies.

Depuis, je me suis fait une raison – et ma mère aussi. On réchauffe des surgelés, on grignote des crudités, on avale un yaourt entre deux portes.

Alors non, dans ma famille, on ne cuisine pas – et encore moins de la blanquette de veau. La préparation demande plusieurs heures !

Je descends lentement l'escalier de la mezzanine. Mon père est en train de fredonner dans la cuisine.

— Hum.

Franck Chaumet ne fredonne jamais.

Et, maintenant que j'y réfléchis, il ne rentre jamais aussi tôt. Dix-neuf heures, un record.

Est-ce que j'ai oublié une date importante ? L'anniversaire de mariage de mes parents ? Non, c'est en juin et on est en janvier. En plus, mon père oublie toujours de le fêter.

De plus en plus nerveuse, je me faufile jusqu'à la cuisine. Mon père me tourne le dos. Affairé aux fourneaux, il sifflote désormais le dernier hit de Rihanna.

— Que s'est-il passé et qu'avez-vous fait à mon père ? je demande.

La question a beau être une plaisanterie – je suis très drôle quand je le veux –, je ne peux m'empêcher de me demander s'il y a du paranormal derrière cette affaire. J'imagine déjà les gros titres.

« Enlevé par des extra-terrestres, un père de famille revient sur terre d'excellente humeur. Sa fille l'a démasqué grâce à une odeur de blanquette. »

Mon père se retourne lentement et essuie ses mains graisseuses sur le torchon. Ses yeux pétillent derrière ses petites lunettes en écaille.

— Ah, te voilà. Une heure que je m'escrime, et personne dans cette maison pour m'expliquer comment marchent les plaques. J'ai dû tester tous les boutons.

— Tu as deux doctorats, tu devrais y arriver.

— Bizarrement, le fonctionnement d'une cuisine n'était pas au programme. Ta mère n'est pas là ?

— On est jeudi, 19 heures. Elle est à son cours de Jujitsu, elle devrait bientôt rentrer.

— Sophie fait du Jujitsu ?

Je lève les yeux au ciel. Rihanna ou pas, cuisine ou pas, ça reste mon père.

— Oui, depuis deux ans. Forcément, quand tu rentres du travail, elle est déjà de retour.

S'il perçoit le reproche, il le cache bien. La lueur d'amusement brille toujours au fond de ses yeux. Je me rends compte que ça fait longtemps, si longtemps que nous n'avons pas partagé un moment seuls, comme ça. C'est pathétique, hein ? Je suis contente d'être debout dans la cuisine à côté de mon père.

— Très bien, ça, le Jujitsu, reprend-il. J'en ai fait dans ma jeunesse. Bon pour le corps, bon pour l'esprit. Écoute, puisque tu es là, tu peux surveiller le feu deux minutes ? J'ai besoin de passer un coup de fil et je n'osais pas m'absenter.

— C'est une blanquette, papa. Ça ne va pas t'exploser au visage.

— On dit ça, et puis la maison brûle. Surveille, s'il te plaît.

Il se coule dans l'embrasure de la porte et je reste seule à regarder les plaques. Ce moment de complicité n'aura pas duré…

Méfiante, je soulève le couvercle de la casserole. Mon estomac gargouille devant la délicieuse odeur. Pour quelqu'un qui n'y connaît rien – et qui ne regarde pas de tutos –, mon père s'est plutôt bien débrouillé.

J'attends patiemment, les bras ballants, qu'il veuille bien se donner la peine de revenir. Je suis déjà résignée à l'idée qu'il ne quittera pas son bureau avant le lendemain. C'était trop beau pour être vrai.

Mais non, il réapparaît avant les deux minutes annoncées.

— Merci, Pupuce.

— Je t'ai déjà dit de ne plus m'appeler Pupuce. C'était déjà limite quand j'avais six ans, et j'en ai seize maintenant !

— Bah. Pour moi, tu resteras toujours ma Pupuce. C'est le problème des pères, tu sais. On ne grandit jamais à leurs yeux.

— Non, ce n'est pas le problème des pères, c'est *ton* problème.

— Mmh mmh.

Il ne m'écoute déjà plus. Concentré sur son plat, il ajoute désormais des épices que je n'ai jamais vues à la maison. De la coriandre ? dans une blanquette ?

— Papa, tu as fait les *courses* ? Enfin, qu'est-ce qui se passe ?

— Je n'ai pas le droit de faire les courses ?

— Ce n'est pas ce que j'ai dit. C'est juste que… enfin… tu… euh…

J'ai du mal à m'exprimer. Des années que je rêve d'une vraie discussion avec mon père, tous les deux, sans un téléphone qui sonne ou une porte de bureau qui claque. Voilà qu'il semble tout disposé à parler… et tout ce que je trouve à dire, c'est « enfin… tu… euh… »

Finalement, c'est la colère qui vient à mon secours.

— Écoute, ça fait des années qu'on ne te voit plus. Tu ne nous parles pas, tu travailles du matin au soir, tu rentres à peine pour manger et dormir. Alors oui, excuse-moi, mais je suis un peu surprise quand je te vois faire la cuisine à une heure décente.

— Mmh, répond mon père machinalement en examinant la cuisson. En fait, j'ai une nouvelle importante à vous annoncer, et je me disais que ça passerait mieux autour d'un bon repas.

— C'est une mauvaise nouvelle alors ?

Cette fois, il se retourne vraiment. Pourtant, il me regarde comme s'il ne me voyait pas, comme s'il était toujours perdu dans ses dossiers, son travail, ses expériences.

— Mauvaise ? Non, pas exactement. Mais il risque d'y avoir un peu de changement dans notre vie, et les gens n'aiment pas ça, d'habitude.

— Euh, ça y est papa, tu me fais peur…

— Il n'y a pas de raison, Pupuce. Tiens, aide-moi avec ce plat. Si j'ai bien compris, ta mère ne devrait pas tarder à rentrer.

En effet, elle pousse la porte de l'appartement vingt minutes plus tard, souriante, échevelée, le jogging collant à la peau par la transpiration.

— Salut ma chérie ! lance-t-elle à la cantonade. Je passe à la douche !

— Alors comme ça, tu fais du Jujitsu ? observe mon père en sortant du salon.

Elle le regarde avec des yeux ronds. Le sac de sport tombe par terre avec un bruit mat.

— Qu'est-ce que tu fais ici ?

— La cuisine, si tu veux tout savoir. Dites donc, d'abord Léa, puis toi, c'est à croire que vous ne m'avez jamais vu.

— Jamais à cette heure-ci, en tout cas. Il y a un problème ?

Il se contente de sourire de manière énigmatique.

— Va prendre ta douche, je vous expliquerai à table.

Fidèle à sa parole, il balaye toutes nos questions d'un revers de main. Ma mère finit par aller se laver pendant que je remonte dans ma chambre terminer mes maths. Je suis déjà nulle d'habitude ; ce soir, j'ai tellement la tête ailleurs que je tombe sur trois résultats différents pour le même exercice. Je finis par fermer les yeux, pointer un nombre au hasard et l'inscrire sur ma feuille.

Lorsque je redescends, ma mère s'est changée. Mon père met la table avec des gestes rapides et précis, n'hésitant que quelques secondes pour découvrir dans quel placard les assiettes sont rangées. Enfin, il apporte le plat.

— Bon appétit, lance-t-il en souriant.

L'odeur est encore plus envoûtante qu'avant. D'accord, ce n'est qu'une blanquette, mais ça change de tous ces repas pris sur un coin de table, vite avalés, vite oubliés. Pourtant, je n'arrive pas à manger. Je pousse la viande de côté avec ma fourchette ; toutes ces cachotteries m'ont coupé l'appétit.

— Tu veux bien nous dire ce qui se passe, maintenant ?

Mon père dévore la viande avec l'entrain de celui qui découvre soudain un nouvel univers.

— C'est bien meilleur que le jambon sous vide, observe-t-il. Ça justifie presque la perte de temps.

— Papa !

— Léa, calme-toi, ordonne machinalement ma mère.

Puis elle rajoute :

— Cela dit, je suis curieuse aussi. Qu'est-ce qui nous vaut toute cette attention ?

Mon père enfourne une dernière bouchée puis s'interrompt, la fourchette en l'air. Il garde sa bonne humeur plaquée sur son visage mais je le sens plus gêné qu'il l'a jamais été.

— Ah, eh bien… Chérie, tu te souviens des Guibert ?

— Les Guibert ? répète ma mère, sourcils froncés.

— Oui, mes amis qui sont partis s'installer en Australie. Tu sais, je t'avais dit que j'étais le parrain de leur fils.

— Je m'en souviendrais si tu m'avais parlé d'un filleul. Je ne me rappelle pas que tu les aies mentionnés une seule fois.

Mon père hausse les épaules.

— Nous nous sommes perdus de vue depuis le temps. C'était au début de notre mariage. Hervé travaillait avec moi sur un projet et… Ah, ce n'est pas le plus important. Quelqu'un re-veut de la blanquette ?

— Papa ! je répète.

— Quoi, elle n'est pas bonne ?

— Cette fois, Léa a raison, proteste ma mère. Si tu veux nous dire quelque chose, c'est le moment. Tu ne fais pas tant de simagrées, d'habitude. Tu te rappelles tes expressions ? « Le temps, c'est de l'argent » ?

— « Plus c'est concis, mieux c'est » ? j'ajoute.

— « Ce qui se conçoit bien s'énonce clairement » ? continue ma mère.

— « … et les mots pour le dire… »

— C'est bon, c'est bon, je me rends, dit mon père en levant les mains en l'air.

Son sourire disparaît et sa voix devient plus grave.

— Les Guibert ont eu un accident de voiture le mois dernier. En rentrant de soirée. Il avait un peu bu et… bref. Ils sont morts tous les deux.

— Morts ? répète ma mère.

— Morts.

— Et c'est pour ça que tu sifflotais dans la cuisine ? interviens-je avant d'avoir pu m'en empêcher.

— Léa !

Mon père ôte lentement ses lunettes et les nettoie d'un air absent sur le revers de sa chemise. Il les remet, fronce les sourcils, les enlève, souffle de la buée dessus et essuie de nouveau.

— Nous avons tous des manières différentes de réagir face à un drame, finit-il par dire d'une voix tranquille. Des mécanismes de défense. Peu importe.

— Léa, présente tes excuses à ton père. Tu vois bien qu'il est perturbé.

— Je l'ai su en sentant l'odeur de la blanquette, je marmonne.

— L'enterrement a lieu là-bas ? en Australie ? reprend ma mère. Tu veux y assister, c'est ça ?

Enfin satisfait de l'état de ses lunettes, mon père relève la tête.

— Quoi ? Oh, non. Non. Trop loin, trop de travail. Et ils ont des araignées là-bas. Grosses. Velues. Et puis je ne suis pas religieux. Ils sont morts, c'est triste, mais ça ne sert à rien d'aller m'ennuyer dans une église pour... (Il s'interrompt). Ce n'est pas ce que je voulais vous annoncer ce soir. Vous ne connaissiez pas ces gens-là, et leur disparition ne vous affecte probablement pas.

— Chéri..., proteste ma mère.

— Ce que je voulais vous annoncer, reprend mon père en haussant le ton pour couvrir les objections de ma mère, c'est que les Guibert ont… avaient… un fils. Mike. Je ne l'ai jamais vu mais ils m'ont envoyé de nombreuses photos au fil des ans. Et comme il n'a plus de famille, eh bien… Eh bien dans l'intérêt de l'enfant, le tribunal australien m'a proposé de devenir son tuteur. Mike Guibert arrive demain et va faire partie de notre famille.

Chapitre 2

— Et il ne t'a rien dit de plus ?

— Rien ! C'est dingue, non ?

Mounia hoche la tête d'un air sagace. Arthur se contente de sourire mystérieusement ; en même temps, il a un don pour les sourires mystérieux. Parfois, je me demande si ce n'est pas sa manière de botter en touche. Il essaie de se cultiver un air de beau ténébreux mais il n'est pas très beau, et les moches ténébreux n'ont jamais attiré les foules.

Je suis allongée sur un banc, les bras en visière pour me protéger du soleil. Le ciel bleu au-dessus de moi m'offre une parenthèse rassurante dans la jungle de béton de mon lycée. Si je me concentre, je peux presque m'imaginer dans un univers de littérature, Narnia ou les Terres du Milieu, loin de mes problèmes et de mon père stupide.

Et puis j'entends les voitures qui klaxonnent dans le prolongement de l'avenue Foch et ça me fait revenir aussitôt sur terre.

Dans trois minutes, les cours vont reprendre. Je vais devoir expliquer à ma prof que je n'ai pas terminé mon exercice – tout ça parce que je suis restée jusqu'à 2 heures du matin à discuter avec mes parents.

Enfin non, pas discuter. Quand on discute, ce n'est pas à sens unique. Ma mère s'énervait, je râlais et mon père haussait les épaules.

J'avoue, j'espérais un peu qu'Arthur et Mounia me soutiennent. Mais là, seconde trahison : ils ont l'air plus amusés que catastrophés. Arthur, grand, pâle, les cheveux longs et blonds. Mounia, petite, la peau mate, les cheveux corbeau coupés court. On dit que les contraires s'attirent ; en tout cas, je me sens bien en leur compagnie.

D'habitude.

— En même temps, t'as toujours voulu des frères et sœurs, non ? observe Arthur.

— Sur *le principe*. Pas *en vrai*. Et puis même, OK, ça serait cool d'avoir un petit frère. Un petit frère bébé, qui grandirait, sur lequel je pourrais veiller, pas un garçon de mon âge qui sort d'on ne sait où !

— On sait d'où, corrige Arthur (en souriant mystérieusement). D'Australie.

— Perso, l'Australie, ça ne me parle pas. Je vois où c'est – enfin, j'ai regardé sur Google Maps – mais je ne connais rien de plus.

— Ils ont des arbrorigènes, là-bas, explique doctement Mounia.

— Aborigènes, je corrige machinalement. J'ai regardé, ça veut dire des gens qui habitaient là avant que les Anglais ne débarquent.

— Et du coup, il vivait dans la jungle ?

— Non. Sa famille habitait à Sidney. C'est une des plus grandes villes du pays. Il y a presque cinq millions d'habitants !

Arthur hausse les épaules.

— Alors je ne vois pas ce qui t'inquiète. Il vit probablement comme nous. Il doit suivre les mêmes séries, écouter les mêmes groupes – enfin, les groupes anglais.

— Mais c'est pas ça, le problème ! Le problème, c'est qu'il va débarquer de nulle part, s'installer dans la chambre à côté de moi – à côté de la mienne, merde ! – et que j'ai assez de problèmes dans la vie pour ne pas avoir à subir un frère de substitution. En plus, il va être traumatisé à cause de l'accident qui est arrivé à ses parents. J'ai pas vraiment envie de l'écouter pleurer tous les soirs.

— Léa, toujours aussi douce et compréhensive, ricane Arthur. Bon, et sinon, il est beau gosse, ce nouveau venu ?

Je le regarde. Cligne des yeux une fois. Deux fois.

— Comment ça, c'est quoi cette question ? Et qu'est-ce que j'en sais, moi ?

— Ben je ne sais pas, tu disais que ton père t'avait montré des photos.

— Imagine, fait Mounia, rêveuse. Tu vis une histoire de mangas, comme dans ceux de Clamp ! Le beau garçon débarque chez toi, auréolé de son prestige d'étranger. Il a les cheveux blonds, les yeux bleus...

— Raté, il est brun avec des yeux marron.

— Ah, tu vois que tu sais à quoi il ressemble !

Ça fait huit ans que je connais Mounia, on était ensemble au primaire. Et j'arrive encore à me faire manipuler comme une débutante.

— Oui. Et, d'accord, il est pas mal.

— *Pas mal?* Pour que tu dises ça, toi, Léa, ça doit être grave un top model.

— Non mais genre, comparé à moi, intervient Arthur. Je veux dire, en toute modestie, je suis super beau. Il l'est plus ou pas ?

Je joins les mains derrière ma tête et observe de nouveau le ciel pour dissimuler mon amusement. J'ai toujours admiré la confiance en soi inébranlable d'Arthur – il s'est déjà pris des vents de plusieurs filles du lycée, et il continue à tenter avec bonne humeur et humour. Bon, d'accord, il ne ressemble pas à une couverture bit-lit, mais il a un charme diffus. C'est bien aussi.

Moi, par exemple, j'aimerais bien avoir du charme, diffus ou pas.

— La question n'est pas là, je marmonne. Ce mec va arriver, s'incruster dans ma vie...

— ... te lire des poèmes, t'apprendre à jouer au base-ball en se collant à toi..., improvise Mounia.

— ... te mater sous la douche, se glisser dans ta chambre..., ajoute Arthur.

— Hé ! je proteste en même temps que Mounia.

— Quoi, j'essaie de participer !

J'aurais bien aimé que la pause dure toute la journée mais, bizarrement, ce n'est pas ainsi que fonctionne le lycée. La sonnerie interrompt notre conversation et nous retournons en cours d'un pas traînant.

Bien sûr, je me fais remarquer parce que je n'ai pas terminé mes exercices. Je bredouille quelques excuses que je ne trouverais moi-même pas très convaincantes. En fait, je passe toute la journée dans un brouillard cotonneux. J'ai déjà du mal à me concentrer sur les formules de maths d'habitude, alors aujourd'hui...

16 heures. Plus que quarante-cinq minutes de cours. Mike doit déjà être arrivé en France. Mon père l'attend à l'aéroport. Mike va sortir du terminal et...

Et ?

De quoi vont-ils parler ?

Que peut-on raconter à un inconnu qui se trouve désormais être notre plus proche famille ?

« Mike, je suis ton père ? »

— Léa, qu'est-ce que je viens de dire ?

La voix de la prof brise net mes réflexions sur le dernier *Star Wars* (si je change un peu ma natte, je ressemble à Rey, je trouve, et ça serait tellement stylé de vivre des aventures interstellaires). Je me dresse bien droite sur ma chaise et louche sur les équations au tableau en espérant qu'elles se transforment en résultat compréhensible. La réponse est non.

— Je ne sais pas, madame.

— Dans ce cas-là, je vous conseille d'écouter mes explications au lieu de bayer aux corneilles.

Je sens le rouge me monter aux joues. D'habitude, je ne me fais jamais remarquer. Je sais rester discrète, en plein milieu de la classe, loin des premières places qui attirent les regards et des rangs du fond qui chahutent. Ça me permet de rêvasser à mes lectures de la veille – ou à ce nouveau frère tombé du ciel.

Lorsque la cloche sonne, je rassemble mes affaires et sors du lycée comme un automate. C'est ce soir. Ce soir. Je vais découvrir Mike ce soir. Je suis tellement perdue que je n'entends pas les bruits de pas derrière moi.

— Hé, attends !

Arthur me court après, ses longues jambes avalant la distance. L'effort physique ne lui va pas trop au teint. Il s'arrête devant moi et, les mains sur les genoux, reprend son souffle.

— Tu... pouvais... m'attendre, halète-t-il.

— T'attendre pour quoi ? je demande stupidement.

Lentement, sa respiration se calme. Il porte sa main à son front en une parodie de salut militaire.

— Camarade Arthur, au rapport. (Sa voix change, devient plus douce.) Bon courage pour ce soir. Si ça ne va pas, tu... bah, tu as mon portable.

— Ouais... Il n'y a pas de raison que ça se passe mal, pas vrai ?

Je me détourne et le laisse planté en pleine rue. J'aimerais lui dire à quel point ses mots comptent pour moi, combien j'apprécie sa présence, combien j'ai envie de fuir et de ne pas rentrer chez moi. Mais je ne sais pas, je bloque dès que je dois dire quelque chose de gentil. Alors oui, je le laisse là à me regarder partir et ce n'est pas que je suis sans cœur, juste que j'ai vaguement la nausée.

Mon téléphone vibre. Un seul mot, de la part de Mounia :

Courage !

Mes deux meilleurs amis se liguent pour me remonter le moral. C'est sympa, et en même temps perturbant. Ça me confirme qu'il y a un truc dont je dois avoir peur. Je me sens comme une condamnée marchant à l'échafaud, comme Tris qui va passer son test dans *Divergente*. Alors que bon, je ne vais pas en mourir, si ?

D'accord, ma vie va être perturbée, et tout sera différent, et déjà que je ne vois pas beaucoup mon père, je vais devoir le partager avec un inconnu, et on ne m'a même pas demandé mon avis, et pourtant ça me concerne, non, un petit peu, ce n'est pas comme si on adoptait un hamster, et un hamster nommé Mike ce serait ridicule.

On n'aurait pas pu faire un essai d'abord ? Trois jours, une semaine ? Voir si la France lui plaisait, si on s'habituait à sa présence ? Et si ça n'allait pas on le renvoyait à sa f…

Je m'arrête brutalement à l'angle de la rue. C'est ça, le problème. C'est qu'il n'a plus de famille. Je suis en train de râler parce que je vais devoir partager ma salle de bains, alors que lui a perdu ses parents. Ça faisait longtemps que je ne m'étais pas sentie aussi égoïste.

Ça ne sera pas facile pour moi et je devrai apprendre à ne plus laisser traîner ma brosse à dents sur le rebord du lavabo… mais lui ? Il se retrouve tout seul, dans un pays étranger, avec des codes qu'il ne connaît pas – et une sœur qu'il n'a sans doute pas souhaitée non plus.

— Ouais, bon, d'accord, je suis égoïste.

J'ai beau tenter d'imaginer ma réaction si mes parents mouraient, je n'y arrive pas. Pourtant, d'habitude, j'ai une super imagination. Je peux rêver de mondes parallèles et de magie, me laisser entraîner dans mes lectures sans voir le temps passer. Là, le blanc. Le simple fait d'imaginer leur absence me met au bord de l'attaque de panique. Instinctivement, je presse le pas, jusqu'à voir les contours rassurants de l'immeuble haussmannien que j'habite dans le très chic XVIe arrondissement de Paris.

Oui, mon père gagne très bien sa vie. J'ai toujours du mal à comprendre ce qu'il fait, mais il a un salaire assez impressionnant.

Je m'arrête devant l'appartement, fouille dans mes poches à la recherche de la clé puis, sur une impulsion, colle mon oreille à l'épaisse porte de bois.

Rien.

J'écoute de nouveau.

Encore plus de rien.

C'est étrange ; mon père devrait être rentré avec Mike. J'attends encore un peu, le temps de me sentir ridicule dans le couloir, puis j'ouvre enfin.

Mon père est bien là, assis sur le canapé, ses chaussons aux pieds, à pianoter frénétiquement sur son ordinateur. En m'entendant rentrer, il referme son portable et me dédie un sourire lumineux.

— Alors, l'école ?

— Le lycée, papa, le lycée.

— Ça reste l'école, conclut-il, péremptoire.

Je regarde autour de moi. Rien n'a changé depuis hier. Pourtant, un grand australien, c'est censé prendre de la place.

— Mike n'est pas là ? je demande, l'air innocent.

— Si, si, bien sûr. Il est dans sa chambre. Mike ?

En réponse à son cri, une silhouette se matérialise en haut de l'escalier. Il descend, et son profil accroche la pâle lumière qui filtre à travers la fenêtre. Non, vraiment, ça fait cliché mais c'est exactement ça.

J'essaie de comparer cet adolescent avec les photos que m'a montrées mon père hier. Pour la première fois, je comprends ce que signifie réellement l'expression « beauté plastique ».

Il est impressionnant.

Vraiment.

Le visage régulier, les traits fermes, le menton volontaire… Il aurait pu se fondre dans l'un de ces boys band à la mode, avec ses cheveux en bataille vaguement disciplinés par le gel. Mounia ne s'est pas trompée en l'imaginant comme un héros de *shōjo*. Il en a les grands yeux liquides, le sourire avenant, la fossette sur la joue et la silhouette dégingandée.

Pourtant, il lui manque quelque chose. Il est là, devant moi, et il semble ailleurs. Son sourire manque de chaleur. Ses yeux ne pétillent pas, il n'y a pas de confiance dans sa posture.

C'est une beauté glacée, une beauté de magazine, froide, dangereuse – et sans âme.

En même temps je m'en moque, c'est mon nouveau frère.

— Bonjour, lance Mike.

Il a la voix douce, tranquille, son accent australien clairement audible. Je dois lui paraître terriblement impolie à rester ainsi les bras ballants. Je regarde mon père pour me donner du courage, puis tends la main.

— Bonjour, je m'appelle Léa. Je suis… euh, je suppose que je suis ta nouvelle sœur.

— Enchanté, répond-il.

Il regarde ma main, perplexe. Le moment s'éternise et je me sens stupide.

— Mike, explique gentiment Franck. Les gens ici se serrent la main pour se saluer. Ils se serrent la main *doucement.*

J'aurais juré qu'il vient d'insister sur le dernier mot. En tout cas, Mike hoche la tête, me prend la main et la serre.

Doucement.

— J'espère que nous allons bien nous entendre, continue-t-il. En tout cas, merci de m'accueillir. Je sais que ça n'est pas facile.

— Pour toi non plus…

— Je vais dans ma chambre, maintenant.

Il me lâche la main et monte les escaliers d'un pas pesant. Je reste sans bouger, prise par surprise. Finalement, j'interroge mon père du regard.

— Il est… très sauvage, explique celui-ci.

Très sauvage, on peut le dire. Limite impoli. Qu'est-ce que c'est que cette manière de partir aussi abruptement ? Si j'arrivais dans une nouvelle famille d'accueil, j'aurais des milliers – non, des millions – de questions ! J'aurais essayé d'en savoir plus sur ma nouvelle sœur. J'aurais regardé des photos d'elle enfant, et elle aurait trouvé ça honteux, et j'aurais ri, et elle aurait levé les yeux au ciel.

En réalité, je ne sais pas comment je me serais comportée – mais une chose dont je suis sûre, c'est que je ne serais jamais partie en tournant le dos à ma nouvelle famille.

Je m'attendais à devoir m'occuper d'un garçon perdu, je râlais en imaginant qu'il allait me prendre du temps et que je ne pourrais pas terminer mon livre du moment – et voilà qu'il m'ignore complètement.

Bon, c'est rassurant.

Et étrangement frustrant.

— Il parle bien notre langue, en tout cas.

— J'espère bien ! Il a toujours vécu en Australie mais ses parents étaient français, après tout.

Un souci en moins. J'ai passé la nuit à me demander comment j'allais faire pour communiquer avec lui. Je m'étais même dit que ce serait plutôt stylé d'inventer un langage propre à nous deux, comme le font certains frères et sœurs.

Mais bon, de toute façon, ce n'est pas comme s'il avait l'air de vouloir passer du temps avec moi.

— Maman l'a déjà rencontré ?

— Non. Pas encore. Ce soir.

Mon père détourne les yeux. Je sais ce qu'il pense. Hier, le ton est monté entre mes parents. Ma mère n'a pas apprécié de se retrouver devant le fait accompli, d'être prévenue la veille de l'arrivée de Mike. Le premier choc passé, elle a crié et tempêté, faisant remonter à la surface des années de frustration.

— Pas devant Léa, a protesté mon père.

— Oui, pas devant moi, ai-je suggéré à mi-voix.

— Alors quand ? Lorsque tu es au travail ? Lorsque tu es enfermé dans ton bureau ? Quand, Franck ? Quand ?

Il l'a emmenée dans la chambre et les éclats de voix se sont prolongés tard dans la nuit…

— Tu aurais pu la prévenir un peu plus tôt, j'observe en allant me servir un bol de céréales. Je comprends qu'elle soit énervée, c'est une décision qu'on prend en famille. Moi aussi, j'aurais aimé avoir mon mot à dire. Il va utiliser *ma* salle de bains !

— Oh, tu ne vas pas t'y mettre toi aussi… J'ai été très perturbé par la mort de mes amis, j'ai accepté spontanément, j'ai présenté mes excuses à ta mère, le sujet est clos.

Je n'en suis pas si sûre mais je tiens ma langue. Je vois suffisamment peu mon père pour ne pas passer ce temps précieux à me disputer avec lui. Les flocons d'avoine crépitent dans le silence soudain. Aucun bruit ne filtre de la mezzanine. C'est à croire que Mike s'est volatilisé.

— J'avais plein de questions pour lui, genre est-ce qu'il a déjà vu un crocodile en liberté, mais je suppose que ça peut attendre.

— Il a fait douze heures d'avion, à quoi t'attendais-tu ?

— Je ne sais pas, mais pas… pas à ça !

— Laisse-le se reposer. Tu auras amplement le temps de discuter avec lui. D'ailleurs, j'ai un service à te demander.

Je regarde mon père avec méfiance. Ce ton doucereux ne lui convient pas du tout. Et il a encore enlevé ses lunettes pour les essuyer sur sa chemise. La dernière fois qu'il a fait ça, c'était pour nous dire que Mike arrivait dans la famille. Qu'est-ce qu'il va encore me sortir ?

— Il intègre ton lycée à partir de demain. Il ne connaîtra personne. Est-ce que…

— Demain ? je glapis.

Je ne sais pas pourquoi je réagis sur la date. Que ce soit demain ou dans une semaine, ça ne change rien au problème. Je n'avais pas pensé qu'il serait scolarisé. En fait, je n'y ai même pas réfléchi.

— Oui, demain. C'est très rapide, mais nous avons convenu avec Mike qu'il fallait reprendre les cours au plus vite. Plus tôt nous pourrons lui offrir une vie normale, plus facilement il pourra accepter le deuil de ses parents.

— Tout de même, demain…

— Bref, continue mon père comme si je n'avais rien dit, il sera complètement perdu. Ce serait bien si tu pouvais t'occuper de lui, rester avec lui pendant les pauses, ce genre de…

— Absolument pas !

Ma réponse a jailli. Je suis la première surprise de la colère qui bouillonne en moi. C'est la seconde fois que je lui ai coupé la parole en moins d'une minute.

— Absolument pas ? répète mon père lentement.

— Je… tu ne te rends pas compte de…

Qu'est-ce que je peux lui dire ? Je n'ai pas envie de me changer en baby-sitter pour adolescent déprimé. J'ai eu assez de mal à échapper aux moqueries et au harcèlement pour ne pas vouloir attirer l'attention. En ce moment, je suis la fille lambda. Ni moche ni belle, ni brillante ni stupide, ni à la mode ni ringarde, ni riche (pour le quartier) ni pauvre. Personne ne me remarque et c'est très bien comme ça. Je n'ai pas envie de devenir « la fille qui a un nouveau frère australien ».

Mon père prend son air grave de circonstance.

— Léa, Pupuce. Je comprends que ce soit difficile pour toi. Mais mets-toi à sa place. Il a beaucoup souffert. Il souffre encore beaucoup. Et puis tu es sa sœur.

— Tu parles, pour ce que ça l'intéresse, je marmonne, boudeuse.

Mais je sens déjà ma colère fondre. Mes problèmes sont tellement insignifiants face à ceux de Mike. Seulement, pourquoi faut-il que ça tombe sur moi ?

— Ouais. Si. Bon. D'accord. Je le ferai. Je sais qu'il a beaucoup souffert. Mais quand même, papa, ça ne m'arrange vraiment pas.

— J'imagine que ça ne l'a pas arrangé que ses parents meurent, répond mon père avec un sourire cynique. Bien. Merci d'avoir accepté aussi spontanément. Et une dernière chose.

Je m'attends au pire.

— Quoi ?

— Si tu trouves qu'il agit… bizarrement dans les jours à venir, n'hésite pas à m'en parler.

Chapitre 3

D'habitude, j'aime bien le chemin qui mène au lycée. Malgré les avertissements de mes parents, je continue à lire en marchant, et je ne relève le nez qu'en traversant les rues. C'est facile quand on a l'habitude. Je me faufile à travers la foule, mais je ne suis pas à Paris. Je me trouve dans des univers merveilleux, remplis d'aventure et de magie. Je mets un quart d'heure à pied pour rejoindre le lycée et, chaque fois, c'est ma dernière parenthèse d'évasion avant les cris des autres élèves.

Même quand je ne lis pas, ce moment est important pour moi. Je ressasse les anecdotes que je raconterai à Mounia, les rêves que je détaillerai à Arthur. Il a décidé de se spécialiser dans leur interprétation et il prend sa fonction très à cœur. La dernière fois, je lui ai expliqué que je nageais dans un océan de lave en fusion et qu'un albatros m'avait aidé au dernier moment avant de se changer en rhinocéros. Arthur m'a expliqué sans sourciller que je devais avoir peur de l'interro d'histoire.

— Quel rapport avec le rhinocéros ?

— Tu as vu la tête du prof ?

Oui, d'habitude je suis contente de retrouver mes amis.

Mais pas aujourd'hui.

Aujourd'hui, Mike marche à côté de moi, et ça rend la situation bien plus compliquée. La vie au lycée est un écosystème fragile. Il y a les dominants et les dominés, les souffre-douleurs, les populaires, les craints, la fille qui met trop de maquillage, celle dont on murmure qu'elle couche avec tout le monde, le garçon qui sèche la moitié des cours, celui qui assume son homosexualité, celui qui cache les bleus infligés par son père, celui qui lève la main toutes les cinq minutes, celle qui rattrape sa nuit cachée derrière son cahier, celle qui écoute de la musique à travers un écouteur dans la manche...

Et puis il y a l'immense majorité des anonymes. J'aime être anonyme, ça me va bien au teint. Il y a une vraie sécurité dans l'invisibilité.

Et cela finira ce matin, lorsque Mike intégrera ma classe.

Si seulement je le trouvais sympa, au moins, ça pourrait en valoir la peine. Mais non, il n'a pas desserré les dents de tout le trajet. Dix minutes que nous sommes partis de l'appartement et le silence devient pesant. Dire quelque chose, vite, la première chose qui me passe par l'esprit.

— Ça va ? Tu n'es pas trop triste ?

N'importe quoi mais pas ça. Quelle question débile !

— Si, bien sûr, répond Mike sans me regarder. Mes parents sont morts il y a une semaine. Alors, forcément, je suis triste. J'essaie juste de bien le cacher.

— Ce n'est pas ce que je voulais dire. Je suis désolée, je ne suis pas très douée pour parler aux gens que je ne connais pas. Je n'ai jamais été très sociable.

— Je suis ton nouveau frère, tu peux me faire confiance.

Il parle d'une voix neutre, son accent australien clairement identifiable. On dirait presque une caricature. J'aimerais le voir comme mon « nouveau frère » mais je ne me sens pas du tout dans le rôle d'une grande sœur. Ni d'une petite, d'ailleurs.

Merde, je ne connais même pas sa date de naissance.

— Tu as quel âge, au fait ?

— Seize ans, bientôt dix-sept. Je suis né le 20 janvier.

— Ah, tu es plus vieux que moi de presque trois mois. Je… je suis ta petite sœur alors.

Mais qu'est-ce que je raconte ? Cette conversation n'a aucun intérêt ! Ça ne devrait pas être aussi difficile de discuter avec quelqu'un. Il faut que je trouve des sujets de conversation. La musique ? Les mangas ? Les livres !

— Est-ce que tu aimes bien lire ?

— Excusez-moi !

La voix m'interrompt dans ma tentative pathétique et nous nous retournons d'un bloc. Une femme d'une quarantaine d'années se tient devant nous, l'air embarrassé, des sacs de course en main.

— Oui ? je demande poliment.

— Je suis désolée de vous déranger, est-ce que vous sauriez où se trouve l'arrêt de bus du 43 ?

Le 43, c'est celui qui passe plus haut par l'avenue des Ternes. Je me mordille le gras du pouce, comme toujours lorsque je réfléchis. Quel est l'arrêt le plus proche ? Et le chemin le plus rapide ?

Je suis encore en train d'imaginer le trajet dans ma tête lorsque Mike s'avance devant moi :

— Le plus simple, c'est de suivre cette rue jusqu'au bout et de tourner à droite. Vous ne pourrez pas le manquer.

La femme le dévisage un instant, pensive, puis regarde la direction qu'il indique du doigt. Finalement, elle hausse les épaules.

— Je suis désolée si j'ai eu l'air perplexe, je pensais que c'était dans l'autre sens.

— Non non, il a raison, je marmonne.

Maintenant que Mike l'a dit, je me rappelle en effet qu'il y a un abribus là-bas. Mais comment sait-il…

— Merci beaucoup, bonne journée ! lance la femme.

Elle s'éloigne d'un pas pressé, ses sacs de course brinquebalant contre sa jambe. Je la suis du regard. Sa botte de poireaux menace de tomber par terre.

Bien sûr, ce n'est pas ce qui me perturbe.

— Mike, comment est-ce que tu peux connaître l'itinéraire du bus 43 ? Tu viens d'arriver dans le quartier ! Merde, tu viens d'arriver en France !

Un léger sourire flotte sur les lèvres de mon nouveau frère. Pour la première fois, il a l'air vaguement vivant. C'est un changement agréable.

— J'ai eu douze heures d'avion, et je ne savais pas quoi faire. Plutôt que de penser au passé, j'ai préféré lire tout ce que je pouvais sur mon… mon nouveau quartier.

D'accord. C'est une réponse presque cohérente. Il n'empêche, il est bizarre, ce garçon. Je veux bien qu'il fasse bonne figure après un tel drame familial mais il y a des limites. Si j'avais perdu mes parents, je ne serais pas en train de me rendre dans un lycée inconnu, et je ne prendrais sûrement pas la peine d'apprendre par cœur les arrêts de bus. Je m'emmitouflerais dans une couverture avec un livre bien déprimant afin d'avoir une excuse pour pleurer en boucle. Et je mangerais des chokobons, beaucoup de chokobons.

— Mon père… enfin, notre père… est un peu dur de te faire intégrer le lycée aussi vite, non ?

— C'est moi qui le lui ai demandé. Il n'y aurait rien de pire que de rester seul avec mes pensées.

— Oui mais quand même…

La grille du lycée se détache dans le lointain. J'ai eu beau repousser ce moment, nous voici à destination. Lorsque nous arrivons, Mounia et Arthur se précipitent sur nous. Mon amie arbore un sourire jusqu'aux oreilles en voyant Mike. On dirait le chat du Cheshire !

— Léa ! Salut, tu vas bien ? Et je suppose que lui, c'est…

— Bonjour, je m'appelle Mike, annonce l'Australien en lui tendant la main.

Mounia la serre maladroitement, surprise. Arthur ne peut dissimuler un sourire.

— Hello, Mike. Je suppose que c'est différent là où tu viens, mais ici on ne serre pas la main des filles.

— J'ai serré la main de Léa hier, proteste Mike.

Arthur me regarde avec curiosité.

— Ah ?

— C'était différent, je proteste mollement. Et… bon, de toute façon, les règles ne sont pas là pour être toujours respectées.

— Si, observe Mike.

Nous nous retournons tous les trois vers lui.

— Hein ?

— Il faut respecter les règles. Elles sont essentielles pour vivre en société.

Je lève les yeux au ciel. Formidable. Non seulement je me trouve avec un inconnu sur les bras mais il faut aussi qu'il se prenne au sérieux. Arthur agite comiquement les sourcils et je me détends.

— Oui, tu as raison. Alors disons que j'ai fait une erreur hier, et que non, on ne serre pas la main des filles.

— Mais la mienne, tu peux. Enchanté, je m'appelle Arthur.

— Je vois, murmure Mike en s'emparant de sa main. C'est… très intéressant.

Arthur agite de nouveau ses sourcils. Mounia a l'air complètement perdue. Nous nous dirigeons vers la classe en petit troupeau.

— Eh bien, il est supermignon, mais superbizarre, ton supernouveau frère, me souffle Mounia.

— Tu m'étonnes. Je…

— Si je suis bizarre, c'est que mes parents sont morts, intervient Mike.

Je me retourne brutalement et Mounia devient blanche comme de la craie. Elle m'a parlé au creux de l'oreille ; Mike nous suivait trois mètres derrière, à côté d'Arthur. Comment a-t-il réussi à nous entendre ?

— Tu crois qu'il a aussi écouté le début de ma phrase ? murmure Mounia un ton encore plus bas, les joues écarlates.

— Oui, rassure-toi, j'ai une excellente ouïe, lance Mike en souriant.

La sonnerie retentit le long du couloir et m'évite de trouver une solution à cette situation embarrassante. Je m'empare d'autorité du bras de Mike.

— Viens, il faut qu'on te présente au proviseur.

— Superexcuse pour éviter le cours de M. Farell, ironise Arthur.

Il disparaît dans la classe avec Mounia, toujours aussi embarrassée, pendant que nous partons à l'autre bout du bâtiment. En tant que fière membre de la Cohorte des Anonymes™, je n'ai jamais eu le moindre contact avec le proviseur, M. Péguy. Les bons élèves le rencontrent lorsqu'ils sont élus délégués, les mauvais lorsqu'ils écopent d'une sanction importante. J'avais échappé à l'un comme à l'autre.

— Tes amis ont l'air gentils, observe Mike alors que nous remontons le couloir.

Je me demande s'il est ironique. Non, il a l'air de manquer de second degré. C'est bien ma veine. J'aurais largement préféré qu'il soit moche et drôle plutôt que beau gosse et coincé.

Nerveuse, je frappe à la porte du grand bureau et attends qu'une voix bourrue nous demande d'entrer.

— Qu'est-ce que je peux faire pour vous ? demande M. Péguy en levant le nez du document qu'il lisait.

— Je suis Léa Chaumet, et voici…

— Ah. Bien sûr. Votre père m'a appelé et m'a envoyé tous les documents hier. Une intégration plus rapide que prévue, mais…

Il laisse sa phrase en suspens, et je me surprends à hocher la tête machinalement. Je n'ai jamais entendu parler d'un élève scolarisé aussi vite. J'aimerais demander ce qu'a dit mon père mais M. Péguy n'est pas le genre de proviseur avec qui on sympathise. Il a une grosse barbe, une grosse voix, un gros ventre et de gros yeux.

— Vous pouvez rejoindre votre classe, mademoiselle Chaumet. Quant à vous, monsieur Guibert, je vais vous présenter les règles de notre établissement.

— Mike Guibert, enchanté, répond Mike en tendant la main.

Je lève les yeux au ciel et referme la porte sur eux. Si seulement c'était aussi facile de me débarrasser de Mike. Si seulement le proviseur voulait bien le mettre dans une autre classe que la mienne.

Le prof de maths a été prévenu de mon retard et ne fait aucun commentaire lorsque je rejoins mon bureau, à côté de Mounia.

— Alors, il va nous rejoindre ? demande mon amie à voix basse.

— Ne parle pas de malheur...

Bien sûr, une demi-heure plus tard, M. Péguy frappe à la porte et interrompt le cours en plein milieu d'une brillante démonstration.

— Mesdemoiselles, messieurs, je vous présente Mike Guibert. Il nous vient d'Australie et rejoint votre classe pour le reste de l'année scolaire. Je compte sur vous pour vous montrer particulièrement accueillants compte tenu de sa situation familiale compliquée.

Bien sûr. Mon père a dû demander à ce qu'il soit dans la même classe que moi. Il n'empêche, j'ai eu un instant l'espoir que je n'aurais pas à m'en occuper.

Et puis, pour un proviseur respectable et respecté, M. Péguy n'a pas vraiment le sens de la formule. Il n'aurait jamais dû dire que Mike avait des difficultés. Dans la classe, certains caïds se comportent comme des requins. Leur appétit s'aiguise à la vue du sang. Mike est beau garçon et étranger, deux raisons pour qu'on lui cherche des noises.

Et, bien sûr, mon père compte sur moi pour que je le protège. Génial.

— Vous connaissez déjà Léa, bien sûr. Comment vous appelez-vous, mademoiselle ? continue le proviseur en se tournant vers Mounia.

— Moi ? demande-t-elle, surprise.

— Eh bien, oui, vous.

— Mounia.

— Mounia, si vous acceptiez de vous décaler sur le bureau vide à votre droite, Mike pourrait prendre votre place. Pour l'instant, je pense qu'il vaudrait mieux ne pas le séparer de Léa.

Ça y est, les gloussements commencent. Ils ne font que s'amplifier lorsque le proviseur repart et que Mike s'avance pour prendre sa place. Mounia rassemble ses affaires, mortifiée – on a toujours été côte à côte, dans tous les cours.

J'aimerais protester contre ce bouleversement, cette monumentale erreur, mais je suis incapable d'articuler la moindre syllabe. Je suis la cible de regards narquois et le rouge me monte aux joues. Je ne peux pas m'en empêcher, je n'arrive pas à le contrôler, j'ai toujours rougi facilement.

— Je suis ravi d'être assis à côté de toi, offre Mike en dépliant sa grande carcasse.

J'enfouis mon visage dans mon cahier et je ne réponds pas.

Chapitre 4

Lorsque le proviseur m'a affichée devant tout le monde, je me suis doutée que ma journée serait épouvantable.

Je ne me rendais pas encore compte à quel point.

—Mike, bienvenue parmi nous, annonce M. Farell. J'imagine que ces premières leçons seront difficiles pour vous, le temps que vous vous mettiez à niveau. Si vous avez des questions, n'hésitez pas à les poser à Léa. Ce n'est pas… exactement la personne que j'aurais choisi pour vous conseiller en maths, mais ce qui est fait est fait.

Les rires recommencent et je parviens à grimacer un sourire contraint. Super. Juste super. J'essaie de me donner une contenance en jouant avec mon effaceur et, bien sûr, il m'échappe des mains pour aller rouler vers le fond de la classe. Cramoisie, je n'ose plus bouger.

—Bien. Reprenons le cours. Nous en étions à la définition d'un vecteur. Quelqu'un peut-il me dire de quoi il s'agit ?

La main de mon voisin jaillit, et le professeur fronce les sourcils.

— Il y a déjà un problème, Mike ?

— Lorsqu'on fait glisser une figure F d'un point A à un point A', on obtient une figure F' qui est l'image de F par translation. Les couples formés des points et de leur image définissent un vecteur, caractérisé par une direction, un sens et une norme.

Un silence absolu s'abat sur la classe. M. Farell fait passer sa craie d'une main à l'autre comme toujours lorsqu'il a besoin de réfléchir. De mon côté, je dois arborer une expression d'horreur du plus bel effet.

— Quelqu'un a-t-il compris ce que M. Guibert a expliqué ? demande enfin le prof.

Un concert de « non ! » et de rires étouffés lui répondent.

— Eh bien il a pourtant raison. Je n'aurais pas utilisé ces termes, et nous n'avons pas encore abordé certaines notions, mais il a raison. Félicitations, jeune homme. J'ai eu tort de penser que l'éducation était de moindre qualité hors de nos frontières.

— Pas de problème, répond Mike, parfaitement à l'aise.

Je baisse la tête dans mon cahier et j'essaie de me composer une expression neutre. Si, il y a un problème. Bien sûr qu'il y a un problème. Déjà, certains garçons jettent des regards venimeux à Mike. Il parle vraiment bien français, et il a l'air très doué en maths… mais il n'a aucune idée des rapports de force à l'œuvre dans une salle de classe. J'espère seulement qu'on ne m'associera pas à lui. Tout le travail patient de ces dernières années serait réduit à néant.

Le prof explique la notion de vecteurs pendant quelques minutes, répétant avec une patience angélique pour ceux qui n'arrivent pas à suivre. Je prends vaguement des notes, dessine des petits bonshommes dans la marge. Je n'y comprends rien, comme d'habitude. De toute façon, si Mike est tellement doué, il me fera mes devoirs, et puis voilà. La simple idée de pouvoir me décharger de cette corvée me remonte (un peu) le moral.

Les rires se sont tus, les élèves suivent le cours avec application... peut-être que la sortie de Mike passera inaperçue, finalement ?

— Bien, reprend M. Farell. Passons à la pratique. Imaginons un vecteur représenté par le couple de points (A,B) et un autre vecteur représenté par le couple (B,C). Pouvez-vous imaginer ce qu'on obtient en additionnant ces deux vecteurs ?

— (A,C), annonce Mike d'une voix claire.

Cette fois, je suis morte.

Deux heures de cours. Deux heures ! D'habitude, j'arrête de suivre au bout d'un moment et je commence à rêvasser à mes dernières lectures. La voix du prof finit par s'effacer dans le lointain alors que je navigue dans d'autres sphères, avec des héroïnes courageuses et des héros bienveillants.

Comme par hasard, ils n'ont pas de maths dans leur vie, eux. Ils sauvent le monde ou se battent contre le mal, tout en trouvant le moyen d'avoir une riche vie sentimentale.

Seulement aujourd'hui, impossible de m'évader. Impossible de faire abstraction des interventions intempestives de Mike qui lève la main toutes les cinq minutes et semble avoir la réponse à toutes les questions, y compris celles volontairement difficiles que le prof pose pour le tester.

Finalement, lorsque Mike se manifeste pour la septième fois sous les grognements exaspérés de la classe, M. Farell se décide à réagir.

— C'est très gentil de vouloir participer, Monsieur Guibert, et je suis désormais convaincu que vous avez la réponse. Mais le principe d'un cours est justement de laisser la parole à ceux qui ont besoin de progresser. Vous comprenez ?

Mike hoche la tête lentement, l'expression indéchiffrable.

— Je comprends, finit-il par répondre, la voix haute et claire.

Le prof le regarde comme s'il se moquait de lui, puis il revient à son tableau.

Pour mon plus grand bonheur, Mike garde le silence jusqu'à la fin du cours. Confortablement installé sur sa chaise, il ne prend pas la moindre note. Forcément, il a déjà l'air de tout savoir.

Lorsque la sonnerie retentit, je me précipite dehors ; j'ai besoin d'air. J'ai besoin d'être ailleurs. J'ai besoin de me rouler en boule et de disparaître. Mon banc habituel est vide, alors je m'y allonge de tout mon long. La vue du ciel bleu ne me procure pas le réconfort habituel. Il y a un petit nuage en plein milieu qui gâche tout.

Arthur est le premier à me rejoindre. Il s'assied près de moi, du côté de ma tête. Il reste quelques secondes sans parler, et je lui en suis bêtement reconnaissante. Après cette matinée, j'ai juste besoin de silence.

— Hé, ça va ? finit-il par demander.

— Bien sûr. Tu ne vois pas ? Je nage en plein bonheur.

Il étouffe un rire, avance la main vers mon visage – puis la laisse retomber.

— J'avoue qu'il a fait fort. C'est quoi, ce mec, une machine ? Il avait toutes les réponses !

— Le problème, ce n'est pas qu'il les avait… C'est qu'il les donnait ! Je ne sais pas comment ça se passe en Australie mais il va lui arriver des emmerdes… et à moi aussi. Je n'y crois pas, la manière dont le proviseur a parlé de nous… Il l'aurait fait exprès qu'il n'aurait pas pu faire mieux. Et demander à Mounia de bouger… Ah ben quand on parle du loup !

Mounia nous rejoint à pas pressés, l'expression orageuse. Elle fourrage nerveusement dans ses courts cheveux noirs.

— Non mais quel connard ce proviseur ! Vous avez vu comment il m'a virée ? Il ne m'a rien demandé, juste « vas-y, bouge de là ». Je suis pas son chien !

— J'avoue, c'était abusé, confirme Arthur.

— Il va devoir être à côté de toi toute l'année ? On pourrait demander à un autre prof de le bouger, non ?

J'aimerais tellement lui répondre oui. Seulement le proviseur a donné des instructions claires. Et puis je ne m'en sens pas la force.

— Je passerais pour qui ? Il a perdu sa famille, il est paumé, je ne peux pas simplement demander à ne plus être à côté de lui.

— En attendant…

— Bonjour.

Comme si on venait de l'invoquer, Mike se matérialise à côté du banc. Je ne l'ai pas entendu approcher et, à voir la mine surprise de mes amis, eux non plus.

Il arbore un large sourire et je suis bien forcée de reconnaître qu'il n'a pas l'air si affreux sous ce profil. Ça donne du charme à son visage, et ça fait pétiller ses yeux.

Seulement je vais devoir mettre les choses au point, et vite.

— Mike, il faut qu'on parle.

— Eh bien, on parle, non ? s'étonne-t-il.

Il m'épuise. C'est fou ce qu'il m'épuise.

— Oui. Oui. Tu sais, il y a des différences entre la France et l'Australie. Ici, ce n'est pas toujours une bonne chose de répondre au prof.

— Il posait la question ! proteste Mike.

— Et tu fais toujours ce qu'on te dit ?

— Monsieur Chaumet m'a dit d'être sage au lycée, alors je suis sage…

— Il n’est pas possible, ce mec, grogne Mounia. Et s’il t’avait dit de te jeter d’un pont, tu l’aurais fait ?

— Non, je risquerais de me faire mal.

— C’est quoi, ton problème ? s’énerve Mounia. Tu prends tout au premier degré ou quoi ?

Il n’y a plus trace de sa timidité de ce matin. Visiblement, l’attitude de Mike lui porte sur les nerfs ; le charme est rompu.

— Désolé si je suis bizarre, explique Mike avec un sourire contraint. Je suis un peu triste, parce que mes parents sont morts.

Aussitôt, la colère de Mounia se dissipe. Elle a l’air honteuse, désormais. Je connais bien cette réaction. Personnellement, je n’arrête pas d’osciller entre l’envie de bousculer mon nouveau frère, d’admirer sa résilience ou de le plaindre.

D’un autre côté, c’est une excuse un peu facile (oui, bon, pas vraiment facile, mais je me comprends). Ça met un terme à la conversation et ça bloque tous les arguments. Seulement cette fois, je n’ai pas l’intention de lâcher prise avant de lui avoir inculqué quelques règles de survie en milieu hostile.

Je prends ma voix la plus douce.

— Je comprends que c’est difficile. Tu dois te sentir perdu. Mais justement. Je suis là pour t’aider, pour te permettre de t’intégrer, pour que tout se passe bien. Et, fais-moi confiance, ça ne sera pas le cas si tu continues comme ça. En te mettant en avant, tu te fais remarquer.

— Et c’est mal ? demande Mike, sincèrement surpris.

— Oui ! je lance, exaspérée. Le lycée, c'est la jungle ! Et il faut faire attention aux points d'eau !

— Euh, ta comparaison part en live, ricane Arthur.

— J'avoue… Ce que j'essaie de dire, c'est que tu vas passer pour une proie et tu vas donner envie aux jaloux de…

Je m'interromps, toujours allongée sur le banc. Trois garçons se dirigent vers nous, accompagnés d'une fille aux longs cheveux blonds. Ils ont les mains dans les poches et rient entre eux, comme tous les élèves, pourtant ils dégagent une impression de danger palpable.

— Salut, lance Maxime.

Il traîne au fond de la classe (quand il daigne assister aux cours) avec ses deux meilleurs amis, Kevin et Mehdi. Et la fille avec eux, c'est Ambre. Je les connais de réputation, même si je ne leur ai jamais parlé. Nous n'évoluons pas dans les mêmes cercles, et heureusement. Jusqu'à aujourd'hui, je pense qu'ils ignoraient même mon existence.

Mike, je te hais !

— J'ai dit « salut », répète aimablement Maxime en réalisant que personne ne lui répond.

— Bonjour, répond Mike en lui tendant la main.

Maxime le foudroie du regard. Ses deux amis viennent se placer en demi-cercle autour de mon frère. Ça ne sent pas bon, cette histoire.

— Bon, on va vous laisser, la pause est bientôt finie, je lance en me redressant. Mike, tu viens ?

— Mike ne va nulle part. Mike a envie de discuter avec nous. Pas vrai, Mike ?

Mon frère regarde sa montre.

— Il reste six minutes avant la sonnerie, Léa.

— Tu vois, *Léa*, il te dit qu'il reste six minutes avant la sonnerie. Largement le temps de t'expliquer comment marche ce lycée.

— Elle était déjà en train de le faire, proteste Mike.

— Oh ? Elle est douée, dis donc. C'est qui, ta copine ? Et pourquoi le proviseur a dit qu'elle devait s'occuper de toi ? Vous vous connaissez ?

— C'est ma sœur.

— La ressemblance n'est pas flagrante, ironise Ambre derrière.

Des gloussements lui répondent. Je quête un peu de soutien du côté de mes amis, en vain. Ils restent figés. Aucun des deux n'a l'habitude des conflits. Moi non plus, d'ailleurs.

Le plus étonnant, c'est l'attitude de Mike. Détendu, presque souriant, il n'a pas reculé d'un pas. Autour de lui, Kevin et Mehdi prennent des postures menaçantes et font craquer leurs articulations avec ostentation. Ambre se penche par-dessus leur épaule, les yeux brillants. Cette fille est une mauvaise nouvelle. Elle aime le chaos.

— T'es nouveau ici, alors on va être soft, reprend Maxime. Pour commencer, tu ne vas plus ouvrir ta belle gueule pendant les cours suivants. On va avoir anglais, je suppose que tu te débrouilles.

— Oui, parce que je viens d'Australie, confirme Mike.

Maxime se tourne vers ses amis pour les prendre à témoin.

— Il est con ou il me prend pour un con ?

— C'est bon, je crois qu'il a compris, marmonne Arthur, toujours assis sur le banc.

— Pardon ? grogne Maxime en se penchant sur lui. Je ne t'ai pas bien entendu. Tu veux que je t'arrache la tête et que je te pisse dans le cou ?

Arthur cille et ferme les yeux, comme s'il pouvait faire disparaître le danger. Politique de l'autruche. J'essaie de m'interposer mais Kevin me bloque le passage. En désespoir de cause, je regarde autour de moi. Certains élèves observent la scène de loin mais personne ne s'approche ni ne va chercher de surveillant. Ils ont l'habitude. Et nous sommes tout seuls.

— Ne vous en prenez pas à Arthur, intervient Mike en levant les bras d'un air pacifique. Il n'a rien fait.

— Oh, et t'es un chevalier blanc en plus ? Tout ce que je déteste. Je prendrai plaisir à t'écraser ta belle gueule.

La cloche sonne, et Maxime crache au sol.

— On y va. Ce serait dommage d'arriver en retard. Tu as vu, on est des bons élèves, nous aussi. J'espère que tu as bien compris ce qu'on s'est dit.

— Parfaitement, confirme Mike.

Maxime le foudroie du regard, et l'Australien ne baisse pas les yeux. Ils restent ainsi longtemps.

— Ben alors, vous ne les explosez pas ? demande Ambre, déçue.

Kevin lui tapote l'épaule et elle se pend à son bras alors qu'ils tournent les talons. Je relâche un souffle que je n'ai pas eu conscience de retenir et Arthur s'essuie le front d'un revers de manche.

— Ouf. Je pensais vraiment que j'allais m'en prendre une, grimace-t-il.

Je lui masse le dos comme un champion de boxe et il se tortille pour échapper à mon étreinte.

— Tu as été super courageux, je souffle.

— Ouais ? parce que j'ai dit « je crois qu'il a compris » ? On aurait pu faire plus courageux. Merde, je savais que j'aurais dû me mettre à un sport de combat.

— Au moins, tu as parlé, intervient Mounia, l'air misérable. Moi, je n'ai même pas ouvert la bouche.

La cloche a sonné, nous ne pouvons pas traîner ici. Nous nous dirigeons vers la classe d'un pas hésitant, cette classe où Maxime et ses amis ont disparu.

Lorsque nous arrivons dans le couloir, Mike se tourne vers moi.

— Je ne comprends pas pourquoi il ne veut pas que je participe pendant les cours.

— C'est… compliqué. Il croit que tu veux te faire bien voir du prof, et ça l'énerve.

— Mais pourquoi ?

Si seulement j'avais une réponse… moi non plus, je n'ai jamais compris. Est-ce que c'est de la jalousie ? une posture ? ou simplement une manière de tromper l'ennui ?

— C'est… compliqué, je finis par répéter à défaut d'autre réponse. Seulement tu devrais l'écouter, te montrer plus discret, d'accord ?

Mike se passe la main dans les cheveux, l'air absent.

— Ton père – notre père – m'a demandé d'être un bon élève en classe.

— Mais il y a des limites !

— Il ne m'a pas parlé de limites.

— Mike, si tu continues à intervenir, Maxime et les autres vont croire que tu te moques d'eux.

Toujours aussi imperturbable, Mike s'assied à sa place et rassemble ses affaires. Cinq minutes après le début du cours, Mme Loucet pose une question de grammaire et il lève la main, pour répondre dans un anglais parfait.

— Excellent, se réjouit la prof.

Je ne vais pas survivre à cette journée…

Chapitre 5

Lorsque la sonnerie annonce la fin de journée, je fais le bilan.

Calmement.

En me remémorant chaque instant.

Mike s'est donc distingué en maths et en anglais, mais aussi en français et en histoire. Il a ignoré les regards furieux de Maxime et de ses amis, ainsi que leurs insultes pendant la pause de midi. Heureusement, nous mangions près des surveillants et il ne s'est rien passé.

Il a réussi à se mettre à dos tous les élèves, mais aussi la plupart des professeurs qui ont froncé les sourcils devant ce garçon trop expansif. Le prof d'histoire n'a pas apprécié de se voir corrigé sur une date – encore moins lorsqu'il s'est rendu compte que Mike avait raison.

Et le pire, c'est ce drôle de petit sourire en coin que mon *frère* continue à arborer contre vents et marées.

— Je t'avais dit de te taire, je soupire en passant les grilles du lycée. Tu ne te rends pas compte du désastre que tu as causé. Ma vie sociale est en miettes. Bon, ce n'est pas comme si j'en avais une, mais quand même.

— Je dois participer en classe, c'est important, proteste Mike.

Comment voulez-vous raisonner un garçon pareil ? Il reste imperturbable devant ma colère, mes insultes et même mon désespoir. Il me suit d'un pas tranquille, les mains dans les poches.

Soudain, une main s'abat sur son épaule et il se retrouve plaqué contre le mur. Un avant-bras musclé lui comprime la gorge alors qu'on lui postillonne au visage.

— Tu te fous de ma gueule, c'est ça ?

— Maxime ! je crie.

Je me précipite pour essayer d'aider Mike sans penser au danger, en oubliant que je n'ai aucune chance. D'accord, il est insupportable, mais ce n'est pas une raison !

J'ai le temps de saisir la main de Maxime avant que Mehdi ne me tire en arrière.

— Je n'ai rien fait de mal, observe Mike, la voix étrangement claire malgré la pression contre sa gorge.

— Oh si, t'as fait quelque chose de mal, grince Maxime. Tu m'as désobéi. Tu m'as manqué de respect. Et ça, tu vois, ça me plaît pas.

— Et je suis censé t'obéir ? Désolé si je t'ai blessé, mais je dois participer en cours.

— C'est toi qui vas te faire blesser, putain de rosbif !

J'ai beau me débattre, Mehdi a une poigne de fer. Je regarde frénétiquement autour de moi mais la plupart des élèves ont quitté les lieux. Les derniers retardataires s'éparpillent, les yeux baissés, comme ce matin. Personne ne veut se mettre à dos Maxime et ses amis, personne ne veut se retrouver dans leur spirale de violence et de racket.

— Et toi alors, comme ça, t'es sa sœur ? demande Maxime en reportant son attention sur moi

— Oui, je réponds d'un air de défi. Il a perdu sa famille, et mon père l'a adopté.

— Oh. Pauvre lapin. Le gentil garçon est orphelin ? Alors, c'est dur de perdre ses parents ?

Je frémis de rage devant le coup bas mais Mike ne réagit toujours pas. Son sourire n'a pas vacillé d'un millimètre. Et ça, ce n'est pas la meilleure manière d'apaiser Maxime. Une veine bat désormais à sa tempe droite ; je ne crois pas que ce soit bon signe.

— En tout cas, il est adopté. Du coup vous êtes pas vraiment frère et sœur, vous habitez juste sous le même toi. C'est une bonne nouvelle, ça, non ? Vu qu'aucun mec ne voudrait de toi en France, tu te trouves un étranger. Et pas un Anglais ou un Allemand, non, il a fallu chercher loin pour trouver quelqu'un à qui tu plaises.

J'ai les oreilles qui bourdonnent sous la violence de ses mots. J'ai envie de disparaître. J'ai envie de mourir. J'ai réussi à maintenir un profil bas pendant des années. Moi aussi, je détournais les yeux quand Maxime s'en prenait à d'autres. Et voilà que la victime, c'est moi.

Tout s'est effondré en une journée.

À cause de ce maudit Mike.

Non, pas seulement. Je prends une grande inspiration, tente de ralentir les battements de mon cœur. Mehdi me serre l'épaule tellement fort que j'ai envie de crier. Mike a beau être étrange, c'est une victime dans cette histoire.

Le vrai *méchant*, ici, c'est Maxime.

Comment réagiraient les héroïnes de mes romans ?

— Lâche-le, j'ordonne, la voix plus calme que je l'aurais cru.

— Ou sinon quoi ?

Maxime recule d'un pas et, l'espace d'une seconde, je crois qu'il va m'obéir. Puis, sans avertissement, il envoie son poing dans le visage de Mike. L'Australien ne fait pas un geste pour se défendre ; sa tête part en arrière et heurte sèchement le mur derrière lui.

— Oh merde, souffle Kevin.

— Mike ! je hurle.

Même Maxime semble gêné du résultat de son attaque. Il a beau être violent, il ne voulait pas provoquer de tels dégâts.

— Hé mec, s'il finit à l'hosto ou… ou pire, on va avoir des emmerdes, s'affole Mehdi.

Sa poigne se desserre et j'en profite pour me libérer. Il tente mollement de me rattraper avant de laisser tomber.

L'atmosphère de violence a disparu en une fraction de seconde, remplacée par la peur palpable d'être allé trop loin. Tous regardent Mike en attendant qu'il s'effondre. Kevin se tasse sur lui-même, prêt à prendre ses jambes à son cou.

Mais Mike ne tombe pas. Lentement, il redresse la tête et se masse la nuque.

— Ce n'était pas très gentil de me frapper, observe-t-il.

Maxime cligne des yeux.

— Hein ?

— Pourquoi est-ce que tu m'as frappé ? Je ne t'ai rien fait.

— Max, souffle Kevin d'une voix pressante.

Maxime se retourne, lance un regard mauvais à l'attroupement qui commence à se former, aux élèves qui finissent par sortir leur portable. Il hausse les épaules et tapote la joue de Mike.

— OK, on se barre. Aujourd'hui, c'était un avertissement. Si tu continues comme ça demain, on se montrera plus directs.

— Plus directs que de le frapper en plein visage ? je balbutie. Vous êtes complètement malades !

Maxime s'écarte sans répondre. Kevin lui emboîte le pas. Mehdi passe d'abord son doigt sur sa gorge, lentement, dans un geste sans équivoque, avant de suivre les autres.

Le silence retombe, et il me faut quelques secondes pour retrouver ma voix.

— Mike, tu vas bien ? Ta tête… Il faut que je t'emmène à l'hôpital !

Il fourrage dans ses cheveux sans se départir de son drôle de sourire en coin.

— Tout va bien, je ne saigne pas. Rentrons à la maison.

— Tu es sûr ? Tu as été frappé violemment…

Maintenant que je prends le temps de regarder, c'est vrai qu'il n'a pas l'air très mal en point. J'ai cru que Maxime l'avait frappé en plein visage mais il a dû rater sa cible, car le nez de Mike n'accuse pas le moindre choc. Un peu de sang perle de sa lèvre fendue, mais c'est le seul stigmate du coup qu'il a reçu.

Un peu de sang perle de sa lèvre fendue...

Je me penche en avant et fronce les sourcils. Je me suis rarement blessée, je ne suis pas une experte, mais j'aurais juré que ce sang est particulièrement clair, presque fluorescent.

— Ton sang... il est bizarre, non ? je demande avant d'avoir pu m'en empêcher.

— Hein ? Oh...

Mike essuie sa bouche d'un revers de main et le rouge disparaît.

— Ce n'est rien. Rentrons à la maison. Monsieur Chaumet va s'inquiéter.

— Ah, ça, il s'inquiétera quand il saura comment s'est passée cette première journée. Tu es bizarre, tu es au courant ?

— C'est parce que mes parents sont morts, explique Mike d'un ton patient.

Comme les autres fois, j'abandonne le sujet avec tact. Mais je ne desserre pas les dents de tout le trajet. Je ne peux m'empêcher de regarder derrière moi à chaque croisement ; je m'attends presque à apercevoir Maxime et ses amis qui reviendraient pour finir le travail.

Et en plus, j'ai la sensation étrange d'être suivie. Une sorte de picotement qui me remonte de la colonne vertébrale pour me chatouiller la nuque. Je me retourne une fois, deux fois...

Personne.

Je presse le pas et arrive devant le croisement de l'avenue Foch. Pas de voiture à droite ni à gauche. Je me lance en avant...

... et les bras de Mike s'enroulent autour de moi, m'immobilisant net. Sous le choc, je manque perdre l'équilibre. Seule la poigne de fer de l'Australien me permet de rester debout.

— T'es malade, qu'est-ce que tu fais ?

— Tu allais traverser au rouge.

— Lâche-moi, putain !

Je jure rarement, et pourtant le mot me monte spontanément aux lèvres. Tout va de travers aujourd'hui, tout. Comment ma vie a-t-elle pu basculer aussi rapidement ?

Je n'ai jamais demandé à avoir un frère, moi. Et certainement pas un frère comme ça, qui a l'air tout droit sorti d'une photo de mode et qui se montre absolument insupportable. Je n'en peux plus de sa posture de victime, de son attitude de fayot, de la manière dont il fait semblant de ne rien comprendre. J'en ai assez qu'il envahisse mon espace vital, qu'il m'empêche de sortir un livre sur le chemin du retour, qu'il ne pense qu'à lui et qu'il se moque de moi avec son sourire en coin.

Je m'empare de son bras pour le repousser avec humeur – et il ne bouge pas d'un pouce. Ma colère devient fureur et je pousse de toutes mes forces, sans succès. Sa prise est bien plus solide que celle de Mehdi tout à l'heure. C'est comme s'il était taillé dans du granit.

— Lâche-moi, je t'ai dit !

— Tu es furieuse. Si je te lâche, tu risques de fuir en courant, et tu pourrais te faire renverser par une voiture. Alors attends un peu et détends-toi.

Je le défie du regard, mais c'est difficile de paraître hautaine lorsqu'on est coincée dans les bras de quelqu'un. Mon impuissance me donne presque la bave aux lèvres. Ça y est, je deviens folle.

— Comment tu veux que je me détende ? Je te préviens, si tu ne me lâches pas tout de suite, je crie au viol.

— Au viol ? demande Mike, l'air surpris. Vraiment ?

— *Lâche-moi !*

Cette fois-ci, il obéit – tout en prenant le soin de se placer entre moi et la route.

Je reste longtemps sans bouger, les yeux dans le vide, à suivre le ballet des véhicules qui roulent sur l'avenue.

— Nous allons être en retard, finit par observer Mike.

Cela au moins m'arrache une réaction.

— *En retard ?* C'est ça qui te préoccupe ? Tu réduis ma vie en miettes, tu m'agresses et tu… aaah, pourquoi est-ce que j'essaie de discuter avec toi ? Je te préviens, j'en parlerai à mon père ! (Je prends une grande inspiration). Regarde, le feu est vert. Je vais prendre le passage clouté. Alors tu peux me lâcher. C'est bon, là ?

— Parfait, lance Mike en souriant.

Le plus énervant, dans cette histoire, c'est son impassibilité. Mon exaspération ne l'affecte pas plus que le coup de poing de Maxime. J'aurais aimé le voir s'excuser, baisser les yeux, hésiter – ou même s'énerver. Quelque chose qui montrerait qu'il est humain, quoi.

Mais non, il reste là, à sourire bêtement.

Et à traverser dans les clous.

Heureusement, notre immeuble n'est plus loin. J'attends de mauvaise grâce que Mike ait franchi la porte vitrée puis je monte les marches quatre à quatre. Lorsque j'arrive dans l'appartement, j'ai la surprise de voir mon père installé dans le salon, comme hier. Il est en train de rentrer des données dans son ordinateur portable en consultant une liasse de feuilles étalées à côté de lui. Un sandwich à moitié mangé me confirme qu'il a repris ses bonnes habitudes alimentaires.

— Papa ? Qu'est-ce que tu fais là ?

Mon père baisse l'écran du portable et rassemble ses documents, l'air embarrassé. Puis il aperçoit Mike et son sourire réapparaît.

— J'ai discuté avec ta mère, et il semblerait que mon travail soit un peu trop envahissant pour une vie de famille saine.

— Non, tu crois ? j'ironise.

— Du coup, l'arrivée de Mike est l'occasion rêvée de lever le pied un moment. Je vais m'efforcer de passer plus de temps à la maison, de rentrer en même temps que vous le soir…

— Ou même avant.

— … ou même avant. Et je promets même de faire un effort durant les week-ends.

— Eh bien, que de bouleversements !

Mike n'a pas pris part à notre échange. Pendant que je vais dans la cuisine me servir un verre de Coca, il monte les escaliers vers sa chambre.

— Je vais travailler ! annonce-t-il avant de disparaître au coin de la mezzanine.

— Bon débarras, je marmonne lorsqu'il n'est plus à portée de voix. Papa, il faut qu'on parle.

— Oh ? De quoi ?

— Tu m'avais dit de te faire part de tout comportement inhabituel, non ?

— En effet. Et alors ?

— Et alors ? Et alors TOUT ! Tout est inhabituel, papa ! Je suis désolée, je sais que Mike a vécu des moments difficiles, mais c'est juste un psychopathe ! Il a ruiné ma vie en l'espace d'une journée et franchement je ne donne pas cher de sa peau demain ! Il fait n'importe quoi, il ne m'écoute pas ! Il… il m'a *immobilisée*, et il refusait de me lâcher, et j'avais beau lui dire de…

— Attends, attends, ralentis. Qu'est-ce que tu racontes ? (Il s'interrompt et se relève, l'expression grave). Non, viens dans mon bureau. Nous pourrons discuter plus tranquillement.

— Dans ton…

Je n'ai jamais mis les pieds dans le bureau. Ma mère appelle cette pièce le Bunker parce qu'elle est fermée en permanence, que sa porte est blindée avec six points, et que seul mon père en garde la clé. Pourtant, il ouvre sans hésiter et s'efface pour me laisser entrer.

Mais qu'est-ce qui se passe, bon sang ?

Chapitre 6

L'antre de mon père.

Je me suis toujours imaginé son bureau comme un endroit classique, presque désuet, avec une table, un fauteuil en cuir, une bibliothèque et l'odeur de vieux livres. En tout cas, c'est à ça que j'aimerais que ma pièce privée ressemble. Je pensais que mon père s'enfermait là pour y être en paix, pour ne pas être dérangé par des détails aussi insignifiants que l'état du monde ou la vie de sa famille.

Je me trompais.

Son bureau ressemble à un poste de commande tout droit sorti d'un épisode de ces séries policières que je regarde sur Netflix. Il y a bien une table, mais elle est occupée par trois ordinateurs reliés à autant d'écrans de contrôle. Dans un coin, une imprimante/fax ronronne à côté de composants informatiques que je n'arrive pas à reconnaître. Une télévision à l'écran ultrafin est accrochée au mur et diffuse les cours de la Bourse.

Tout ici respire le chrome et la technologie. La seule concession au monde extérieur, c'est le cadre dans un coin de la table avec une photo de notre famille tout sourire. Je dois avoir neuf ans dessus. Je me rappelle très bien le moment où cette image a été prise : c'était la première fois que papa acceptait de passer un week-end entier avec nous, et nous étions allés au parc. Forcément, je ne pouvais que sourire jusqu'aux oreilles. J'étais heureuse.

J'étais stupide.

— Je n'imaginais pas du tout ton bureau comme ça.

— Ne fais pas attention au bazar, soupire mon père en se laissant tomber sur la chaise.

— Ce n'est pas ce que je voulais dire. Tous ces ordinateurs, ces écrans… Qu'est-ce que tu fais exactement dans cette pièce ?

— Je travaille. Je dois suivre des éléments financiers en continu, et j'ai besoin de nombreuses analyses en temps réel qui… Ah, ça n'a aucune importance. L'essentiel, c'est que ce bureau a une bonne isolation et que nous pourrons discuter tranquillement. Alors raconte-moi. En quoi Mike était-il bizarre ?

J'aimerais lui répondre mais je ne trouve pas les mots. J'hésite, j'ouvre la bouche, je la referme.

— Je te dis que ma vie est ruinée et tout ce qui t'importe, c'est ce qui est arrivé à Mike ? je parviens enfin à cracher.

Mon père ne sourcille pas. À sa manière, il est aussi impassible que son nouveau fils. Ces deux-là vont sûrement bien s'entendre, pendant que je hurlerai dans ma chambre. J'espère qu'il a prévu des murs capitonnés.

— Ce n'est pas ce que j'ai dit. Seulement tu as l'air de penser que tout est de la faute de Mike, donc j'aimerais savoir en quoi. Ensuite seulement nous verrons comment t'aider.

— Papa, ma vie n'est pas comme une dissert de philo. Thèse, antithèse, synthèse.

— Non, une vie est plutôt comme une démarche scientifique. Observation, analyse et modélisation.

Pff. Tu parles d'une conversation père-fille. Mais je n'ai pas envie de me faire enfumer derrière des termes que je ne maîtrise pas. Pas maintenant, pas aujourd'hui.

— Mike est... bizarre. Pour commencer, il est convaincu qu'on doit toujours se comporter comme un citoyen modèle.

Mon père sourit.

— Eh bien, c'est plutôt une bonne chose, non ?

— *Non !* Pas dans un lycée ! Pas dans mon lycée, en tout cas. Tu te rends compte qu'il avait la réponse à toutes les questions ? dans toutes les matières ? Mais ce n'est pas le plus grave, tant mieux s'il est intelligent et cultivé. Le vrai problème, c'est qu'il a levé la main à chaque fois.

— C'est plutôt mignon, Pupuce...

— Plutôt mignon ? Papa, même les profs étaient saoulés à la fin. Et c'est moi qui passe pour une abrutie. Parce que je ne sais pas ce que tu as dit au proviseur, mais il a bien pris soin de préciser que Mike dormait ici.

— Ça non plus, ce n'est pas grave.

Je me prends la tête dans les mains et je me balance d'avant en arrière, désespérée. Mon père ne comprend rien. Il ne se rappelle pas ses propres années de lycée – ou alors tout s'est bien passé et tant mieux pour lui mais, pour moi, ce n'est pas le cas. Il est complètement déconnecté, dans ce grand bureau rempli de matériel à la James Bond. Je ne sais même pas ce qu'il fait dans la vie – je viens d'apprendre que ça avait un rapport avec la finance, super.

Il va passer plus de temps à la maison et il s'imagine que je vais lui tomber dans les bras. Seulement c'est moi qui vais devoir m'occuper de Mike au quotidien, l'empêcher de se faire racketter, lui moucher son nez et lui expliquer la vie.

— D'accord, je reprends d'une voix urgente, ne parlons pas de moi. Mais lui, papa, lui ? S'il ne change pas de comportement, je ne garantis pas sa sécurité. Il s'est déjà battu aujourd'hui ! Son premier jour !

Cette fois, ma remarque arrache une réaction à mon père. Je commençais à me demander s'il m'écoutait. Il se retourne brutalement et lâche la feuille qu'il parcourait d'un œil distrait.

— Battu ? Mike ?

— Oui.

— Tu veux dire qu'il a frappé quelqu'un ?

— Je veux dire qu'il a *été frappé* par quelqu'un, je corrige. Et ça va continuer demain. Et il va m'entraîner dans sa chute.

Mon père se rapproche, l'air grave.

Enfin.

— Pupuce, raconte-moi *exactement* ce qui s'est passé.

Je m'adosse au mur en prenant bien soin de ne pas déranger le matériel informatique. J'ai l'impression que le moindre mouvement va décrocher un des câbles qui courent partout dans la pièce. Je ferme à moitié les yeux et raconte l'agression d'une voix monocorde. Je n'arrive pas y mettre d'émotion, si j'essaie je sens que les larmes vont jaillir.

Je répète les paroles de Maxime et de ses amis, les gestes brutaux, le coup de poing, le mur, la réaction de Mike puis la délivrance. Mon père hoche la tête en cadence, concentré. Il semble étrangement soulagé. Je ne vois pas vraiment pourquoi. Rien de ce que j'ai pu raconter ne justifie cette expression rassurée. Il n'a pas compris, ou quoi ?

— Alors voilà, je conclus. Je n'y arrive pas. D'accord, il vient d'une autre culture, d'un autre continent, mais s'il ne m'écoute pas, que veux-tu que je fasse ? Demain sera une dure journée pour lui, je le sais déjà… et pour moi aussi.

— C'est un lycée, pas une zone de guerre.

— Papa, les lycées *sont* des zones de guerre. Ce n'est pas parce qu'on n'utilise pas d'armes qu'il n'y a pas de victimes…

— Tu dramatises toujours tout. Ce sont tes livres, ça, soupire mon père.

— Hé !

— Ne t'inquiète pas, je comprends. Il a dû essayer de s'intégrer, et…

— … et il s'y est très mal pris !

— Oui. Je vais lui en parler. J'espère qu'il m'écoutera. Je ne pensais pas qu'il aurait tant d'ennuis dès la première journée. (Il grimace, remonte ses lunettes sur son nez). Et sinon, rien d'autre d'inhabituel ?

— Rien d… (Je m'étrangle d'incrédulité.) Ça ne te suffit pas ? Non, rien de plus.

Ça y est, j'ai de nouveau envie de pleurer. Pas de tristesse – de rage. Finalement, ce n'est peut-être pas plus mal que mon père soit si souvent absent de l'appartement. Lorsqu'il s'y trouve, j'ai juste envie de me cogner la tête contre les murs.

J'aurais dû me sentir flattée que mon père m'ouvre son sacro-saint bureau. À ma connaissance, même ma mère n'y a jamais mis les pieds – et je n'ai pas compris en quel honneur j'avais eu le droit d'y pénétrer. J'aurais dû poser des milliers de questions sur son métier, les écrans éteints, les cours de la Bourse, les documents éparpillés.

Mais je me sens tout simplement vide. Mon père ne se soucie pas de moi. Il se moque de mes problèmes. Il ne me demande pas comment j'ai vécu ma journée. Je quitte la pièce avec toute la dignité que je peux conserver – et mes yeux restent secs.

Je me retourne tout de même sur le seuil de la porte.

— Ah, si. Il y a eu un autre truc inhabituel. Ce matin, quand on est allés à l'école, une dame nous a demandé son chemin… et Mike a été capable de la renseigner ! Papa, ça fait deux jours qu'il est là et il connaît le quartier mieux que moi ! Il m'a dit qu'il avait étudié le plan dans l'avion mais c'est quand même complètement fou, non ?

Mon père s'est déjà replongé dans ses dossiers, et je m'attends à ce qu'il hoche vaguement la tête en m'ignorant.

Je ne peux donc réprimer un moment de terreur lorsqu'il bondit de son fauteuil pour venir se planter devant moi.

— Pourquoi ne me l'as-tu pas dit plus tôt ?

— Euh, je ne sais pas, parce que c'est chelou mais que ça reste un détail, non ? Il a peut-être une mémoire éditique.

— Éidétique, corrige mon père machinalement. Cette femme, elle ressemblait à quoi ?

Je commence à perdre pied. Il a l'air fasciné, tout à coup.

— Hein ? C'est quoi, cette question ? Je sais pas, c'était une femme, quoi.

— Tu peux me la décrire ?

— Je sais pas, moi. Elle... elle portait des sacs à la main, et une robe noire je crois.

— Mais physiquement ?

Je sens la nervosité de mon père me contaminer. Je n'ai pas besoin de ça après une telle journée. J'aimerais l'envoyer promener mais bon, malgré tout ce que je subis, ça reste mon père...

— Euh... elle était... grande, je crois, avec des longs cheveux bruns. Et, euh... je ne sais pas.

— Réfléchis un peu. Aucun signe distinctif ?

— Non, je ne crois pas. Papa, qu'est-ce qui se passe ?

Mon père s'adosse au bureau et se masse lentement les tempes. Il reste longtemps muet, plongé dans ses pensées, et je me demande si je ne devrais pas sortir discrètement de la pièce. Enfin, il s'ébroue comme s'il sortait d'un mauvais rêve.

— Ce n'est rien, Pupuce. Ce n'est rien. Je pensais à autre chose. Tu peux y aller, désolé de t'avoir fait peur.

Mon père m'inquiète. Il s'est toujours montré étrange, mais ça devient ridicule. Qui se soucie du visage d'une inconnue dans la rue ? Quelle importance ?

Je monte sur la mezzanine et hésite un instant devant la porte de Mike. Je devrais laisser tomber et m'allonger sur mon lit, faire mes devoirs, reprendre le cours de mon roman. Mais je sais déjà que je n'ai pas la tête à ça. Alors je prends une grande inspiration et je frappe.

— Entrez !

Mike n'a pas pris le temps de s'approprier la chambre ; une lourde valise gît dans son coin, à moitié ouverte. D'ici, je vois dépasser un sweat-shirt noir et le bas d'un jean. Aucun poster au mur, aucun cadre photo sur le bureau. Il n'a même pas sorti son ordinateur portable qui gît dans une housse contre le mur. Je quitte rarement la maison mais, lorsque je suis en vacances avec mes parents, ma première action est toujours de chercher le code du wifi local. Ici, rien de tout cela. Mike habite ici depuis hier et il pourrait tout aussi bien n'avoir jamais vécu dans cette pièce. Debout à côté de son lit, il me tourne le dos et contemple le petit jardin à travers la fenêtre.

Lorsqu'il se tourne vers moi, son profil accroche la lumière du soleil couchant et, encore une fois, la perfection de son visage me saute aux yeux. Il est d'une beauté étrange, exotique, inhumaine. Quel dommage qu'il soit également insupportable.

Enfin, d'un autre côté, c'est mieux, ça me permet de rester objective à son sujet.

— Je me disais qu'on pourrait discuter deux minutes, j'explique. Histoire de faire un peu mieux connaissance.

— C'est une bonne idée, répond-il en souriant. Tu as un sujet en tête ?

— Eh bien, je ne sais pas. Je me disais que tu aurais peut-être envie de me parler de ta famille. Je sais que ça doit être difficile, mais on m'a toujours dit que ça faisait du bien de se confier.

Mike me regarde longtemps sans répondre et j'essaie de ne pas montrer ma gêne devant ces yeux qui me détaillent des pieds à la tête. Il a beau se comporter comme un abruti congénital, il reste beau comme un dieu. J'ai l'impression que je pourrais me mettre plus facilement en colère contre lui s'il n'était pas aussi parfait physiquement.

Et en parlant de perfection, c'est justement sa morale pourrie qui me tape sur les nerfs.

— Hé, ça va ? je demande quand je ne peux plus supporter le silence.

Il ouvre la bouche pour me répondre mais la voix de mon père nous interrompt :

— Mike ! Viens ici, il faut qu'on parle ! crie-t-il du rez-de-chaussée.

Il n'a pas terminé sa phrase que Mike se glisse entre le chambranle et moi avec un sourire d'excuse puis dévale l'escalier. On aurait dit un chien qui répond à l'appel de son maître. Pourquoi est-ce qu'il ne m'écoute pas avec un tout petit peu de la dévotion qu'il accorde à mon père, hein ?

Je me penche par-dessus la rambarde et aperçois les deux s'enfermer dans le bureau. Alors voilà, j'ai dû attendre mes seize ans pour pénétrer dans cette pièce et Mike, hop, le lendemain de son arrivée. La vie est vraiment injuste.

Je descends à pas de loup dans le salon et m'approche de la porte. Le cœur battant, je colle mon oreille au métal mais je n'entends absolument rien. Pas étonnant, vu l'épaisseur. En soupirant, j'abandonne mon poste d'observation et me laisse tomber sur le canapé, les bras en croix.

J'espère que mon père va répéter à Mike ce que je lui ai dit et qu'il va appliquer ses conseils à la lettre, sans quoi cette semaine va mal se terminer…

Chapitre 7

Lorsque ma mère rentre de sa journée de travail, je suis toujours dans le salon, seule, mon ordinateur portable sur les genoux.

— Eh bien, où est ton père ? demande-t-elle en ouvrant le frigo et en contemplant les étagères vides d'un air morne.

— Avec Mike. Depuis plus d'une heure.

— Avec Mike ? Qu'est-ce qui s'est passé ? et pourquoi tu fais cette tête d'enterrement ?

Voilà. *Voilà* ce que j'attendais de mon père. Ma mère, elle, au moins, se rend compte quand quelque chose ne va pas. Et le fait que j'aie la lèvre inférieure qui tremble n'a rien à voir avec le sujet.

J'avais l'intention de me murer dans le silence mais soudain tout sort d'un coup. Le comportement de Mike, l'attitude de Maxime et de sa bande, les questions incongrues de mon père, et est-ce que je pourrais retourner à ma vie normale, s'il te plaît ?

Ma mère m'écoute sans rien dire, les mains jointes sous le menton. Je la vois frémir lorsque je lui raconte l'agression – il faut dire que j'en rajoute et que, dans mon récit, Maxime mesure plus de deux mètres. Elle secoue la tête devant les turpitudes (oui, les turpitudes) de mon nouveau frère.

Bref, elle a un comportement tout à fait normal. L'étau qui me comprimait la poitrine se desserre peu à peu. Je me demandais si le monde n'avait pas changé de règles sans avoir pris la peine de me prévenir.

— Et ton père est avec lui en ce moment ?

— Oui. J'espère qu'il lui donne des conseils pertinents sinon, je te préviens, je demande à changer d'école.

— Tu dramatises un peu, tu ne crois pas ? soupire ma mère.

Au temps pour sa compassion maternelle. Comment ai-je pu croire qu'elle allait me comprendre ?

— Pourquoi fait-il ça dans son bureau ? reprend-elle, les sourcils froncés. Je pourrais peut-être discuter avec Mike, moi aussi. Je suis plus jeune que ton père, ça ne fait pas si longtemps que j'ai quitté les bancs du lycée…

— Au moins vingt-cinq ans, quand même, je proteste avant d'avoir réfléchi.

— Eh bien merci, ma chérie, ça fait toujours plaisir. En tout cas, je me souviens encore de comment ça se passait dans mon école.

Elle se perd dans une contemplation rêveuse de l'évier de la cuisine. C'est vrai que je ne connais rien du passé de ma mère. Enfin si, les trucs importants, les trucs de famille, son mariage, tout ça. Mais je n'ai aucune idée de la manière dont sa scolarité s'est passée. Est-ce qu'elle avait des amies ? un copain ? Avant papa ? L'idée me paraît saugrenue.

L'air songeur a disparu, remplacé par une expression déterminée. Ma mère se dirige vers le bureau et frappe à la porte d'une main ferme.

— Franck ! Ouvre ! Je sais que tu discutes avec Mike mais nous devons avoir cette conversation en famille.

Seul le silence lui répond. Elle fronce les sourcils, frappe de nouveau. Enfin, la voix irritée de mon père s'élève de l'autre côté, étouffée par le métal.

— Je suis occupé, Sophie.

— J'ai bien compris, s'énerve ma mère. Et on pourrait participer à la discussion, nous aussi. Je te rappelle que tu as accepté de moins travailler ces derniers temps pour qu'on puisse avoir une vraie vie de famille.

Un silence. Un soupir. Puis :

— Très bien, très bien.

Les verrous cèdent les uns après les autres – combien y en a-t-il exactement ? – et la tête bourrue de mon père apparaît dans l'embrasure de la porte. Je me rends soudain compte qu'il a l'air fatigué. Des cernes ourlent ses yeux comme s'il avait mal dormi et les rides qui parsèment son visage se sont accentuées. Bizarre, je n'avais pas remarqué ça tout à l'heure.

— Ayons une discussion en famille, alors, maugrée-t-il en laissant passer Mike. Enfin, quand je dis en famille… Léa, monte dans ta chambre.

— Quoi ? je m'insurge.

— Tu as sûrement du travail pour demain.

— Euh, oui, mais ça peut attendre ! Attendez, vous me dites de traiter Mike comme mon frère et vous…

— Tu m'as déjà expliqué tout ce qui s'est passé au lycée, et j'ai bien compris, explique mon père en baissant la voix. Seulement je n'ai pas envie que ça ressemble à un procès. On va parler avec lui, on va s'occuper de lui, je te le promets, Pupuce. Seulement tu ne ferais que rajouter de l'huile sur le feu.

— Je ne dirai rien, je le promets !

— Dans ta chambre.

Le ton ne souffre pas la contestation. Mon père a bien choisi son moment pour retrouver son rang de patriarche. Je me tourne vers ma mère d'un air implorant. Elle paraît hésiter – puis croise le regard de mon père et ses épaules s'affaissent.

— Obéis, Léa. Il doit avoir ses raisons. Nous en discuterons plus tard.

— Plus tard, plus tard. Génial. Vous vouliez qu'on soit une vraie famille et vous vous y prenez comme des merdes ! je rugis en montant les escaliers quatre à quatre.

— Chérie, on ne dit pas « merde », proteste ma mère.

— Merde, merde, merde et merde ! je hurle par-dessus la rambarde. Vous en voulez un autre ? Merde !

Je m'enferme dans ma chambre et, d'un coup, les larmes jaillissent. C'est bizarre, je croyais pouvoir les maîtriser. Pourquoi ai-je une famille si insupportable ? Pourquoi me traite-t-on comme une enfant ? J'ai seize ans et je ne suis pas plus stupide qu'une autre. C'est moi qui me suis occupée de Mike, c'est moi que Mehdi a brutalisée, et voilà qu'on me met au piquet comme si j'avais cinq ans.

Je pleure longtemps, d'abord par tristesse, ensuite par défi, espérant que mon père ou ma mère – ou Mike, tiens – vienne prendre de mes nouvelles. Mais non, personne ne monte. Ils sont bien trop occupés avec leur petite réunion secrète. C'est moi ou j'ai une famille complètement dysfonctionnelle ?

Au bout de deux heures, fatiguée et affamée, je descends voir ce qui se passe. La porte du bureau est de nouveau fermée. Je m'approche, emplie d'une juste colère, et lève la main pour frapper.

Je m'interromps au dernier moment. À quoi ça sert de toute façon ? Je n'ai pas besoin de revoir l'expression tendue de mon père et d'entendre les excuses lénifiantes de ma mère. Je me cherche un yaourt dans le frigo et retourne le manger dans ma chambre.

J'aurai une petite discussion avec mon père, demain. À un moment où il ne s'y attendra pas, où il ne pourra pas fuir. Et j'obtiendrai des réponses, foi de Léa.

Forte de ces nouvelles résolutions, je reprends mon livre et parviens à lire cinq chapitres avant que le sommeil ne m'emporte.

Le lendemain matin, il y a un mot sur ma table de nuit, glissé entre les pages du livre pour que je le trouve au réveil. Je le déplie d'une main tremblante.

Désolé, Pupuce. Et courage!

L'écriture de mon père est reconnaissable entre toutes. Il a dû être médecin dans une vie antérieure avec ces pattes de mouche indéchiffrables.

Il est monté pendant que j'étais endormie, se déplaçant comme un ninja pour ne pas me réveiller. En même temps, j'ai toujours eu le sommeil lourd.

En temps normal, cette attention m'aurait profondément émue. Aujourd'hui, je me sens simplement vide. Il est sans doute parti travailler et je n'ai pas pu lui parler comme je l'avais prévu.

Ma mère lit sur sa tablette dans la cuisine en terminant une tartine de beurre de cacahuètes. Elle a le teint pâle, l'air fatigué. Elle ressemble à un zombi. Un sourire hésitant joue sur ses lèvres lorsqu'elle m'aperçoit.

— Tu as bien dormi ?

Je ne lui accorde pas la satisfaction d'une réponse. Je comptais sur elle, moi. Elle aurait pu me défendre, elle. Dans un certain sens, sa trahison me blesse plus que l'attitude de mon père.

Je ramasse mes affaires pour partir à l'école. Mike est déjà prêt, dans le couloir. Ses chaussures enfilées, son sac de cours sur le dos, il attend patiemment, l'expression indéchiffrable. Lui semble avoir bien dormi : il est en parfaite santé, sans le moindre cerne.

Je passe devant lui sans un mot et il me suit sans plus de commentaire. Dommage, j'aurais bien aimé qu'il me parle, simplement pour l'envoyer balader.

— Tu ne devrais pas partir au lycée sans petit-déjeuner ! crie ma mère.

La porte se referme et je descends les marches quatre à quatre, ignorant les tiraillements de mon estomac. Mike suit mon rythme sans difficulté, toujours en équilibre parfait. Bien sûr.

Machinalement, je regarde autour de moi à l'endroit où j'ai croisé la femme avec ses sacs hier. Il n'y a personne cette fois-ci et je reprends ma route, songeuse. POURQUOI mon père m'a-t-il posé cette question ? Il se croit dans un film d'espionnage ou quoi ?

Décidée à ne pas y réfléchir ni à me montrer sociable, je sors mon livre de mon sac et je reprends mon chemin, le nez plongé dans ma lecture. Je prends bien soin de traverser au vert, je n'ai pas besoin d'une leçon de sécurité routière, pas maintenant, pas aujourd'hui.

Lorsque Mike rompt le silence, nous sommes en vue du lycée et j'avais presque oublié jusqu'à sa présence.

— Je suis désolé, pour hier.

Je lève les yeux du livre et me tourne lentement vers lui.

— Pardon ?

— Je suis... désolé. Ça n'a pas dû être facile pour toi. Mon comportement.

Ses excuses sont tellement inattendues que j'en oublie l'histoire que je lisais. Je pensais que Mike n'avait pas la moindre étincelle de conscience derrière son visage parfait.

—Oh. Tu... Mon père t'en a parlé ?

—Oui. Il m'a confirmé ce que tu m'as dit, les règles étranges qu'il y a parfois dans les lycées. Je ne voulais pas te causer de problèmes. Promis, je ferai attention aujourd'hui. Et si jamais tu trouves que je ne passe pas assez inaperçu, tu peux me le dire. J'essaierai de m'adapter. Ce n'est pas facile, tu sais, parce que...

J'attends avec une certitude angoissante l'excuse des parents morts, mais Mike se contente de hausser les épaules, comme s'il était à court de mots. Il se détourne, regarde un instant les lycéens qui rentrent par la grille.

—Ah. Ça n'a aucune importance. Je vais m'adapter. On s'adapte toujours. Bon, on devrait y aller sinon on va être en retard. Rassure-moi, ce n'est pas une erreur d'arriver à l'heure, si ?

—Mais dis-moi, Mike, je rêve ou tu as fait une blague ?

Il se fend d'un large sourire et, aussi facilement que ça, je sens mes lèvres s'incurver.

Je me suis immunisée à sa plastique irréprochable parce qu'il se montre étrange, distant et bouffi de suffisance. Mais là, il vient de me montrer une facette que je n'imaginais pas, plus fragile, plus touchante. Sa manière de mettre de côté sa souffrance d'un haussement d'épaules le rend encore plus attachant. Avant d'avoir pu m'en empêcher, je fais un pas en avant et pose maladroitement ma main sur l'épaule de Mike dans un geste consolateur.

Bien sûr, c'est à ce moment qu'Arthur tourne au coin de la rue. Il n'aurait pas pu venir une minute plus tôt, quand j'étais en train d'engueuler Mike ?

— Eh bien, vous n'avez pas perdu de temps, ironise-t-il en s'approchant, un casque de scooter sous le bras. Pour revenir à des sentiments plus fraternels, je veux dire.

— Arthur, ne complique pas les choses. Il a promis de se montrer normal, aujourd'hui.

— C'est vrai, confirme Mike avec un sourire éclatant.

Arthur ne lui accorde pas un regard.

— Ouais ? Je demande à voir. Et je me demande si ça suffira pour calmer Maxime et ses potes. À mon avis, ils ne se laisseront pas amadouer si facilement.

— Même si je change d'attitude ? demande Mike.

Arthur ne répond pas, mais son expression n'est pas rassurante.

Nous rejoignons la classe. Mounia nous fait signe de la main alors que nous prenons place. Je regrette vraiment de ne plus être à côté d'elle. J'ai tellement envie de lui raconter la soirée de malade que je viens de vivre – de malade au sens propre, les yeux humides sous ma couette –, et je sais qu'elle sera de bon conseil.

Heureusement, Mike tient sa promesse. C'est déjà ça. Il reste silencieux durant l'heure d'histoire, puis celle d'anglais. Les yeux dans le vague, il fait tourner son effaceur entre ses doigts avec une habileté consommée. Bientôt, je ne parviens plus à me concentrer sur le cours. Je suis le mouvement de balancier de l'effaceur qui tourne sur l'index, puis le pouce, avant de revenir. J'ai vu beaucoup de lycéens s'amuser ainsi, mais la rapidité de Mike est proprement stupéfiante.

Et puis vient l'heure de la pause.

Je sors de la classe avec la peur au ventre. Je sais qu'Arthur a raison. Maxime et ses amis ne renonceront pas simplement à nous harceler parce que Mike est rentré dans le rang. Ils voudront asseoir leur autorité et ils le feront tout de suite, sans la moindre hésitation. J'hésite, puis reviens sur mes pas.

— Tu devrais rester ici pendant la pause.

Mike est occupé à ranger ses affaires avec un soin maniaque. Il se tourne vers moi, hausse un sourcil surpris.

— Pourquoi ? C'est une nouvelle règle du lycée ?

— Pas... pas exactement. Seulement, les garçons qui t'ont embêté hier... Je sais qu'ils vont recommencer. Si tu sors dans la cour, ils viendront t'agresser ou te racketter.

Il hausse les épaules.

— Je n'ai pas peur d'eux.

— Eh bien tu as tort ! Le plus grand, Maxime, se balade avec un couteau ! Tout le monde le sait mais personne ne fait rien. Et Kevin a déjà envoyé une fille à l'hôpital parce qu'elle refusait de sortir avec lui.

— On ne frappe pas les filles, observe Mike, la voix neutre. Les garçons non plus, d'ailleurs. Il n'a pas été renvoyé ?

— Si, justement. C'était dans son ancien lycée... et il est arrivé ici. Il a promis de bien se tenir mais il peut déraper à tout moment. Alors, s'il te plaît, reste en classe. Ici, les profs peuvent te protéger.

— C'est vraiment ce que tu veux ? demande Mike en soutenant mon regard.

J'hésite un instant. Cette conversation ne prend pas le tour que j'imaginais. Pourquoi n'a-t-il pas peur ? Je suis bien terrorisée, moi. Ses yeux que je trouvais inexpressifs brillent désormais d'une lueur insolente, comme s'il s'était enfin adapté à sa nouvelle situation et avait décidé de profiter de la vie.

Je fais un pas en arrière, me reprends et recoiffe une mèche de cheveux qui n'en a nul besoin.

— Oui, je grommelle. Oui, c'est ce que je veux.

— Alors d'accord.

Sans plus de commentaire, il retourne s'asseoir à son bureau et croise les mains derrière la tête. Je regarde la porte à moitié ouverte. Arthur et Mounia doivent m'attendre dehors. Je n'ai qu'une envie, aller leur raconter ma soirée épouvantable. Mais un reste de mauvaise conscience m'en empêche. Je ne peux pas laisser Mike tout seul ici, pas après lui avoir demandé de se cacher. Pour une fois, il m'a obéi, il a joué le jeu, je suis responsable de lui.

En désespoir de cause, j'envoie un texto à mes amis :

On reste en classe. Vous venez ?

Nous sommes désormais tout seuls. Je me rapproche lentement, pose une fesse sur mon bureau, laisse pendre une jambe dans le vide.

— Ce truc, avec l'effaceur… c'était impressionnant.

— Oh, ça ?

Le visage de Mike s'éclaire d'un sourire enfantin alors qu'il reprend un stylo et le fait tourner autour de son index.

— C'est ta mère – notre mère – qui m'a montré.

— Maman ? je m'étouffe.

Il hoche la tête.

— Elle se souvenait de cette anecdote dans son lycée. Elle n'était pas très douée – elle a fait tomber l'effaceur deux fois avant que je comprenne.

Je reste les bras ballants. Pendant toute la soirée, j'attendais que mon père ouvre sa maudite porte et que ma famille s'intéresse à moi et ils étaient en train de *faire tourner des effaceurs ?* Retenez-moi, je vais faire un malheur.

D'un effort suprême, je ravale ma rage.

— Tu as appris vite, en tout cas.

— J'ai toujours été doué de mes mains. Dis, tu es sûre qu'on ne peut pas sortir dans la cour ? Monsieur Chaumet aimerait que je me mélange un peu aux élèves.

— Oui, eh bien « monsieur Chaumet » ne connaît pas la situation ici aussi bien que moi.

— C'est ce qu'il a dit, admet Mike. Que je devais suivre tes conseils.

— Oh ? Première nouvelle.

Je ne peux pas m'empêcher de me sentir fière. Je suis ridicule, quelle importance si mon père me fait un compliment ? Je me moque de son avis. Et pourtant…

— Ce n'est que pour quelques jours, jusqu'au week-end. Ce sont des abrutis. Ils trouveront bientôt une nouvelle victime, et ils cesseront de penser à toi. Mais en attendant, autant faire profil bas.

— Qui est un abruti ? demande une voix bien trop calme du côté du couloir.

Je me retourne brutalement. Maxime se tient dans l'embrasure de la porte, un sourire affable sur les lèvres. À ses côtés, Mehdi, Ambre et Kevin bloquent complètement la sortie.

— C'est quand même sympa, on se demandait comment on allait faire pour expliquer la vie à notre super pote Mike alors qu'il y a des surveillants partout, et voilà qu'il se terre dans une salle de classe, loin des profs. Tu sais ce qu'on dit, Mike, loin des yeux, loin du cœur.

— Et ton cœur, on va te l'arracher, ricane Kevin en contrepoint.

Maxime avance dans la salle et, en regardant frénétiquement les fenêtres du troisième étage, je me rends compte que j'ai pris la pire décision de ma vie.

Chapitre 8

Mike reste les mains derrière la tête, son drôle de sourire aux lèvres. Je ne sais pas pourquoi je disais qu'Arthur était doué pour sourire mystérieusement. Là, il a trouvé son maître.

Machinalement, je me place devant mon *frère*. Je ne me fais aucune illusion sur ma capacité à bloquer trois brutes mais je me sens plus coupable que jamais. Sans moi, Mike serait dans la cour en ce moment, et il pourrait chercher de l'aide auprès de surveillants. J'ai été tellement stupide de penser que la classe serait un refuge !

— Qu'est-ce que vous voulez ? je demande d'une voix tremblante.

— Bah Kevin vient de le dire, non ? s'amuse Mehdi. On va défoncer ton pote.

— Enfin, ça dépend, intervient Maxime. Je veux dire, on n'est pas des monstres. On a bien vu qu'il avait fait des efforts aujourd'hui. Hein ? Il a pas levé la main une seule fois. Tu lui as enfin expliqué comment ça marche ici ?

Je les connais, ces brutes. Je sais comment elles agissent. Et pourtant, je ne peux pas m'empêcher de sentir une bouffée d'espoir, timide mais tenace, m'envahir.

— Oui, il a promis de rester discret à partir de maintenant. Alors si vous pouviez le laisser tranqu…

Je ne termine pas la phrase. Pas la peine. Je viens de voir l'expression amusée sur le visage de Maxime. Il n'a aucune intention de partir !

— C'est mignon, ta manière de prendre sa défense. En même temps, je te comprends. T'es plutôt du genre moche, alors un beau mec qui arrive dans ta maison, forcément, ça te met dans tous tes états. Tu as bien pensé à lui, hier soir, avant de dormir ?

Les rires gras de ses amis font écho à sa plaisanterie, et Maxime s'avance d'un pas d'autant plus menaçant qu'il garde un calme olympien. Kevin et Ambre l'accompagnent pendant que Mehdi reste dans l'embrasure de la porte à surveiller le couloir. Leur petit numéro est bien rôdé, je me demande confusément combien de fois ils ont agressé ou racketté des élèves sans que je m'en rende compte ou, pire, alors que j'ai détourné les yeux.

Mais aujourd'hui, c'est mon tour et personne ne prendra ma défense.

Personne sauf…

— Léa ! crie Arthur dans le couloir.

— Léa est occupée, répond Mehdi.

— Vite, on va chercher des surveillants, lance la voix urgente de Mounia.

Elle n'aurait jamais dû dire ça. Mehdi a bondi et disparaît de mon champ de vision.

— On va aller discuter tranquillement dans la cour, tous les trois, d'accord ? lance-t-il.

Sa voix s'éloigne et je n'entends plus mes amis. Au temps pour l'aide que j'espérais.

— Viens par là, on va s'amuser un peu, ronronne Ambre en s'emparant de mon bras pour me tirer sur le côté.

Malgré son apparence vaporeuse et son maquillage appliqué à la truelle, c'est une fille sportive, les muscles saillants sur ses bras minces. Et moi, eh bien... pas vraiment. Je cale mon pied sous un bureau pour éviter de perdre l'équilibre. La chaise racle le sol dans un crissement désagréable. Ambre se penche jusqu'à ce que ses lèvres effleurent presque mon oreille.

— Tes fringues, tes manières... tu pues le fric, souffle-t-elle. Comme tout le monde ici. Sauf moi. Tu trouves ça juste ?

Je regarde ses vêtements de marque avec incrédulité. Alors c'est comme ça qu'elle justifie ses actes ? Je cherche une manière diplomatique de répondre mais Mike la prend de vitesse :

— Tu ne devrais pas la serrer aussi fort, tu lui fais mal.

— Toi, t'as d'autres problèmes, intervient Maxime en s'interposant entre nous. Ne t'inquiète pas, Ambre va être sympa avec elle. Toi par contre, c'est une autre affaire. Ce que je t'ai foutu sur la gueule hier, ce n'était qu'un début. Alors tu vas commencer par sortir ton portefeuille si tu ne veux pas que je m'énerve.

— Mon portefeuille ? Pourquoi ?

Maxime part d'un rire incrédule.

— Il est vraiment grave, ce mec. Pourquoi, à ton avis ? Ah, pour rien, juste pour me faire plaisir.

— Léa, tu crois que je dois le lui montrer ? Monsieur Chaumet m'a dit de ne pas le faire, mais il m'a aussi demandé de suivre ton avis si nécessaire.

Je suis un peu trop occupée pour lui répondre. Ambre m'a replié un bras dans le dos et me pousse lentement contre un mur, tout en fouillant mon sac de l'autre main. Il n'y a pas grand-chose dedans, trois tickets de métro et un billet froissé, pourtant j'ai envie de hurler sous le choc et l'humiliation.

— Léa, qu'est-ce que je fais ? répète Mike, un ton plus fort.

— Tu fermes ta gueule et tu obéis, répondit Kevin.

— Léa ?

J'entends sa voix comme dans un brouillard. La douleur irradie de mon épaule alors qu'Ambre accentue sa prise et j'ai le plus grand mal à me tourner pour regarder Mike.

— Dis-lui d'obéir, grince Ambre. Visiblement, il a besoin de la confirmation de sa nounou.

La douleur s'amplifie et je ne peux retenir un gémissement.

Soudain, mon bras se retrouve libre et je tombe à genoux. C'est tellement agréable, tellement inattendu de ne plus souffrir que je reste prostrée quelques secondes sans réaliser.

— Hé, qu'est-ce qu'il vient de faire ?

Je lève enfin la tête. Mike se tient devant moi. Je ne l'ai même pas entendu bouger de sa chaise. Il a toujours son sourire poli, mais il tient fermement le poignet d'Ambre dans sa main droite. Elle a beau tenter de se dégager de toutes ses forces, il ne bouge pas d'un pouce. Je souhaite bonne chance à la blondasse – quand j'ai essayé de me libérer de Mike devant la route, je me suis rendu compte à quel point sa poigne était solide.

— Mec, on t'a jamais appris à ne pas frapper les meufs ? grogne Kevin.

— Je ne la frappe pas, je la maintiens sans exercer la moindre pression, explique Mike. Parce qu'elle était en train de faire mal à Léa.

— C'est à toi qu'on va faire mal, affirme Maxime.

Il fait signe à Kevin et les deux écartent les bureaux pour s'approcher de Mike.

— Lâche Ambre, ordonne Maxime.

— Bien sûr. Mais il faut qu'elle promette de ne pas attaquer Léa. Se battre, ce n'est jamais une solution.

— Je rêve ! Il est pas possible, ce mec !

Petit à petit, je parviens à reprendre mes esprits. Je prends appui sur un bureau renversé et me redresse sur des jambes flageolantes. Un rapide coup d'œil à ma montre me confirme qu'il ne s'est passé que cinq minutes depuis le début de la pause. Nous n'allons pas nous en sortir aussi facilement.

Devant moi, Mike fait écran de son corps. Il n'a pas l'air particulièrement costaud, pourtant j'avais raison : Ambre ne parvient toujours pas à se libérer malgré ses grondements frénétiques. En désespoir de cause, elle prend son élan et envoie son poing libre dans le visage de Mike.

Qui esquive sans difficulté.

— Putain, mais vous attendez quoi ? crache Ambre. Aidez-moi !

— On t'aura prévenu, conclut Maxime. On voulait simplement ton portefeuille. Maintenant on va t'envoyer à l'infirmerie.

— Ou à l'hôpital, renchérit Mehdi.

— Je ne préférerais pas, proteste Mike. Est-ce qu'on ne pourrait pas trouver une autre solution ?

Les deux ne répondent pas. Ils avancent d'un pas ; Mike recule pour les garder dans son champ de vision.

— Tu vas bien, Léa ? demande-t-il.

— Euh... oui... mais tu aurais dû te laisser faire.

— La fille te serrait le bras et...

Mike s'interrompt lorsque Kevin se jette en avant. Il s'efface avec une rapidité surhumaine et la brute perd l'équilibre. Elle est sur le point de heurter le mur de plein fouet lorsque la main de Mike jaillit, la rétablissant au dernier moment.

— Attention, tu vas te faire mal, prévient-il, plein de sollicitude.

Il a lâché Ambre pour protéger Kevin et la jeune fille blonde rejoint ses amis, le regard mauvais. Cette fois, personne ne parle ni se moque de l'accent étrange de l'Australien. Maxime l'observe, les yeux plissés.

— Tu fais du Kung fu, un truc comme ça ?

— Un truc comme ça, confirme Mike. Est-ce qu'on peut s'arrêter là et rester bons amis ?

— Non, je crois pas. T'as touché Ambre, tu vas le regretter.

Sans autre avertissement, les brutes attaquent. Et Mike décolle.

Il décolle réellement.

Ses pieds quittent le sol alors qu'il bondit puis passe en un splendide Fosbury-flop au-dessus des têtes de ses adversaires médusés. Il amortit sa chute du plat de la main, puis se rétablit d'une roulade.

— Merde ! jure Maxime en se retournant.

Les deux repartent à l'assaut, mais Mike a déjà bougé. Il semble toujours choisir le bon moment pour tourner sur lui-même, pivoter, reculer ou avancer d'un pas. Il ne riposte pas et se contente de jouer la montre, parfois perché sur un bureau, parfois adossé à un mur.

— Qu'est-ce que vous foutez ? Attrapez-le ! glapit Ambre, furieuse.

— Tu crois qu'on s'amuse ? crache Kevin en réponse. Il fait un art martial à la con, il est chiant.

— On finira bien par le coincer, les rassure Maxime.

Ils se déploient de nouveau et, cette fois, Ambre se joint à eux. Mike continue à afficher son sourire insolent. Lorsque Kevin tente de lui barrer la route, mon frère bouge à une telle vitesse qu'il le prend à contre-pied. Il glisse sous un bureau pour échapper à une prise de Maxime, se redresse à temps pour bloquer le coup de Kevin puis esquive Ambre qui se ruait sur lui.

Je suis la scène avec des yeux ronds. Est-ce que c'est bien le même Mike ? Le même garçon coincé et maladroit qui répond toujours à côté de la plaque ? Ses ennemis ahanent et transpirent à force de courir dans tous les sens. Lui ne semble pas essoufflé le moins du monde. Il se permet même le luxe de rattraper un bureau qui bascule et de le remettre d'aplomb avant de continuer sa fuite.

Enfin, Maxime s'arrête pour reprendre sa respiration, les mains sur les genoux.

— Il est pas humain, ce mec… mais on va…

La sonnerie l'interrompt au milieu de sa tirade et la colère lui déforme le visage. Il a beau essayer de se donner un rôle de chef de bande calme et en plein contrôle de la situation, il ressemble surtout à un gamin boudeur.

Ça ne le rend pas moins dangereux.

— Profite du répit, articule Maxime entre deux goulées d'air. Tu t'en sortiras pas toujours comme ça.

Les autres lancent des regards mauvais à Mike alors que le brouhaha dans les couloirs indique le retour des élèves et le début des prochains cours. Le premier à rentrer dans la classe regarde avec stupéfaction les bureaux renversés, les feuilles éparpillées sur le sol et le groupe de brutes haletantes dans un coin. Avec prudence, il s'abstient de poser la moindre question.

Je redresse machinalement un bureau et Mike s'accroupit pour ramasser des stylos qui ont roulé sur le sol. Cela ne l'empêche pas, comme mû par un sixième sens, d'éviter le coup de botte sans conviction que lui allonge Ambre en passant.

Mehdi arrive à son tour, enlaçant de ses bras les épaules d'Arthur et de Mounia. Mes deux amis ont l'air misérable.

— Vous voyez, rien de méchant, se moque Mehdi. Merci de m'avoir tenu compagnie, ça m'a fait plaisir.

Mais son expression satisfaite disparaît en apercevant ses compagnons mortifiés. Il va les rejoindre à l'arrière de la classe tandis que Mounia se rapproche de moi, les cheveux ébouriffés, le pull de travers.

— Tu vas bien ? On pensait qu'ils allaient vous tuer !

— Non, il ne s'est rien passé. Mike a été…

Formidable ?

Surprenant ?

Inhumain ?

Je ne sais pas quel adjectif ajouter, alors je ne dis rien. Mounia regarde mon voisin avec incrédulité, alors que Mike hoche la tête pour la saluer.

— Et vous ? je demande.

— Ça va. Mehdi voulait juste nous faire un peu peur et nous empêcher de prévenir quelqu'un. Ça a marché, je peux te dire…

Nous n'avons pas le temps de continuer notre conversation. Le prof de maths entre dans la salle et le calme revient. Je suppose que c'est autant dû à la présence du vieil homme qu'à la perplexité de Maxime et sa bande. Personne n'a jamais dû leur résister de cette manière. Ils ne doivent pas en croire leurs yeux. À vrai dire, je me demande moi-même si je n'ai pas rêvé.

Je coule un regard à la dérobée vers mon voisin. Il a la peau éclatante de santé, sans la moindre trace de sueur. J'ai beau être discrète, il se tourne vers moi, son sourire habituel s'incurvant pour dévoiler ses incisives.

— Tout va bien ?

— Euh... oui, je bredouille. Tu étais incroyable. Où est-ce que tu as appris à te battre comme ça ?

— Je ne me battais pas, j'esquivais, explique-t-il. Je n'aime pas la violence.

— Pourtant tu as forcément dû faire des arts martiaux ou un truc comme ça ! Tu étais impressionnant !

— Ah, alors tu approuves ? Tant mieux.

Il a l'air sincèrement content. Je ne sais pas quoi penser de ce garçon. Chaque fois que j'arrive à le ranger dans une case, il en sort sans la moindre difficulté. Je continue à l'observer à la dérobée, ses cheveux impeccablement peignés malgré l'échauffourée, son expression de candeur insupportable.

Insupportable, vraiment.

Je me détourne et croise le regard d'Arthur. Je lui fais signe que je lui expliquerai tout à la pause de midi.

Autant dire dans une éternité.

J'ai beaucoup de mal à me concentrer sur le cours de maths. Je suis une fille cartésienne. J'ai beau lire des dizaines de romans de Fantasy chaque année, je ne crois ni aux fantômes ni aux monstres ni aux extra-terrestres. Pourtant, je ne peux m'empêcher de me demander si ce Mike n'a pas quelque chose d'étrange. Je veux dire, d'accord, il est fort et rapide… mais il n'était même pas essoufflé !

La phrase de Maxime me revient à l'esprit. « Il est pas humain, ce mec. »

— Pourquoi est-ce que tu t'es défendu, cette fois ? je demande soudain.

Mike se tourne vers moi, surpris.

— Comment ça ?

— Hier, Maxime t'a frappé en plein visage. Si tu es aussi doué que tu l'as montré aujourd'hui, pourquoi est-ce que tu ne l'as pas esquivé ?

— Il ne m'a pas fait très mal. Je n'avais pas envie d'attirer l'attention. Ça me paraissait plus intelligent de me laisser frapper.

— Mais alors pourquoi aujourd'hui ? pourquoi te défendre ? Parce que là, je peux dire que niveau attention, tu as tiré le gros lot !

Mike grimace, se penche sur son classeur, recopie d'un air absent l'exercice que dicte M. Farell. Il baisse les yeux lorsque celui-ci pose une question épineuse, et s'abstient de lever la main.

Enfin, enfin, il se tourne vers moi.

— Hier, c'était après moi qu'ils en avaient. Là, c'était après nous deux. Si jamais je m'étais laissé faire, ils s'en seraient pris à toi aussi. En les occupant ainsi, je les ai empêchés de t'agresser. Ça valait la peine d'attirer l'attention.

Chapitre 9

M. Farell possède assez d'autorité naturelle pour tenir sa classe – ou alors les maths ont un tel coef que personne ne veut se faire remarquer. En tout cas, Maxime et ses amis se tiennent à carreau pendant les deux heures de cours, se contentant de jeter des regards venimeux à Mike.

Je ne veux pas dramatiser, mais je me sens de plus en plus nerveuse alors que l'heure de la pause de midi approche. Je connais assez les petits caïds comme Maxime pour savoir qu'il n'abandonnera pas aussi facilement. Son autorité a été bafouée devant ses amis et il fera tout pour venger cette humiliation.

Une part de moi se dit que tout aurait été plus simple si nous avions cédé dès le début. Une autre part, plus petite mais plus insistante, murmure que Mike a eu raison, et qu'il faut tenir tête aux brutes où qu'elles se trouvent.

Facile à dire quand on n'a pas des réflexes surhumains, comme mon frère adoptif le Superhéros Chelou.

Je ne peux m'empêcher de me retourner pour croiser le regard de Maxime. Il se tient comme d'habitude au fond de la classe et se balance sur sa chaise, une expression pensive sur le visage. Lorsqu'il réalise que je l'observe, ses lèvres s'étirent en un sourire glacial. Lentement, délibérément, il pose ses mains sur sa bouche et m'envoie un baiser.

Oui, il n'a pas la tête de quelqu'un qui va laisser tomber. Et je n'arrête pas de repenser à toutes ces rumeurs comme quoi il aurait un couteau et n'hésiterait pas à s'en servir. Ce ne sont que des rumeurs, nous sommes dans un lycée respectable du XVIe arrondissement. Et pourtant…

Finalement, je prends ma décision.

— Dis-moi, tu es doué en maths, non ? je chuchote à Mike.

Mon voisin hausse un sourcil intrigué.

— Oui, mais tu m'as dit de ne pas participer. Tu veux que je réponde à sa question ?

— Non ! je lance précipitamment. Merci d'avoir suivi mon conseil d'ailleurs. Tu as vu comme ton attitude d'hier nous a mis dans les ennuis jusqu'au cou ?

— Désolé, je ne me rendais pas compte. Maintenant, je sais qu'il faut que je t'écoute pour tout ce qui a trait à la vie scolaire.

J'ai du mal à m'empêcher de lever les yeux au ciel. Mike est certainement sexy avec son corps parfaitement proportionné moulé dans un tee-shirt de l'équipe de basket de Sidney. Il est clairement attirant avec ses yeux qui ont appris à pétiller, son sourire nonchalant et ses cheveux en bataille.

Il a une symétrie presque troublante dans le visage, des muscles bien dessinés, et une fossette au coin de la joue. Mais il continue parfois à utiliser des expressions ridicules, datées ou trop soutenues.

— Ça veut dire que tu vas m'obéir si je te demande un truc ? je souffle en me rapprochant.

— Ça dépend quoi, maîtresse, répondit Mike en accentuant son sourire.

Je n'avais même pas réalisé que ma phrase pouvait être mal interprétée. Je baisse les yeux, me refuse à rougir, rougis quand même, m'en rends compte, rougis encore plus, enfouis ma tête dans mon cahier puis me force à penser à la menace qui plane sur nous pour reprendre mes esprits.

— Maxime et les autres vont essayer de te coincer – de *nous* coincer – à la pause de midi, quand on sortira pour aller à la cantine. Et, cette fois, ils auront tout le temps de s'occuper de nous.

— Ils n'en ont pas assez ?

— Les garçons comme ça n'en ont jamais assez. Surtout quand on essaie de se défendre. Par contre, ils ne sont pas du genre patient. Alors il faut qu'on gagne du temps. Est-ce que ça t'embête de poser des questions au prof à la fin du cours ? Maxime a beau être fou de rage, il n'osera pas intervenir devant M. Farell. On a juste besoin d'une dizaine de minutes – et, au pire, on descendra dans la cour avec lui.

— Tu m'as dit qu'on ne devait pas être trop sympa avec les profs, que c'est pour ça que j'étais mal vu, proteste Mike. Je veux bien écouter tes conseils, mais tu n'es pas très logique.

— On n'est pas là pour parler de *logique*, j'explose, mais de *survie*. Alors oui, tu ne seras sans doute pas très populaire en retenant le prof à la fin mais de toute façon, la plupart des élèves te considèrent déjà comme un con, alors un peu plus ou un peu moins…

Mike hoche la tête gravement. Il ne semble pas plus ému que d'habitude, pourtant la lueur d'humour semble avoir disparu de son regard.

— Et toi, tu me considères aussi comme un con ?

— Mais non, je soupire. C'est juste… écoute, fais comme je t'ai dit, OK ? Tout à l'heure, j'ai eu la peur de ma vie.

Le sourire de Mike revient alors, plein de confiance alors qu'il me tapote la main comme si j'étais une enfant paniquée.

— Tu ne risques rien, je suis là pour te protéger.

— Super, je grommelle en détournant les yeux pour ne plus voir ce sourire. Je te rappelle que c'est à cause de toi si on en est là.

Les dernières minutes du cours s'écoulent avec une lenteur impressionnante. Mon téléphone vibre et je m'en empare d'une main tremblante. Dans mon état d'angoisse, je m'imagine voir le nom de Maxime s'afficher avec des menaces de mort. C'est ridicule, il n'a même pas mon numéro.

Et le texto provient d'Arthur.

Ça va ? Tu as l'air bizarre. Il s'est passé quoi pendant la pause ?

Je me tourne à moitié sur ma chaise, esquisse un bref sourire en direction de mon ami. Il est toujours là pour moi, toujours prêt à m'aider. Pendant un instant, je contemple l'idée de lui raconter ce qui s'est passé afin d'obtenir son assistance. Mais j'y renonce rapidement. Arthur est plein de bonne volonté mais taillé comme un cure-dents. Je suis sûre qu'il se sacrifierait sans hésiter pour créer une diversion – et c'est bien ça, le problème. Je n'ai pas envie qu'il finisse à l'hôpital, simplement parce qu'il voulait me protéger. Il mérite mieux que ça.

Ma main oscille au-dessus de mon portable, puis je me compose un visage serein et envoie ma réponse avant de changer d'avis.

Tout va bien, ils voulaient juste nous faire peur, ils devraient nous laisser tranquilles maintenant. On va devoir rester un moment avec le prof à la fin du cours, on se voit à la cantine ? Vous nous réservez une table ?

Arthur prend connaissance du message. Son expression soulagée me déchire le cœur. Je n'ai pas envie de mentir mais je n'ai pas non plus envie que Mounia et lui se retrouvent impliqués dans un problème qui n'est pas le leur.

Ce n'est pas ton problème non plus, me souffle une petite voix. Maxime et son groupe m'ont sans doute déjà oubliée. Je n'ai aucune importance face à Mike, qui les a défiés avec ses esquives nonchalantes. Je pourrais m'enfuir et le laisser gérer seul la situation. Après tout, c'est un grand garçon, non ? Et il a prouvé qu'il savait se défendre.

Seulement il est censé faire partie de la famille, maintenant. Mon grand frère.

Et il a de longs cils, presque féminins, qui donnent à son visage carré un mélange de force et de faiblesse.

Et je ne pourrais plus jamais me regarder dans le miroir si je l'abandonnais.

Le moment fatidique approche. Plus que deux minutes avant la fin des cours. Je réalise sans grande surprise que je n'ai absolument rien suivi. Les formules qui s'étalent sur le tableau noir ne me rappellent rien, et j'ai copié machinalement l'exercice pour après-demain sans comprendre l'énoncé. Derrière moi, Maxime discute avec Kevin ; leurs rires étouffés parviennent jusqu'ici, chargés de menace.

— Tu as compris, hein ? je souffle en me penchant sur Mike.

— Oui, pas besoin de me le répéter. Ne t'inquiète pas, tout va bien se passer.

J'aimerais en être aussi sûre. J'essuie mes mains moites sur mon jean, essaie de me tenir plus droite.

Et puis la sonnerie se réverbère contre les murs de la classe. Aussitôt, le brouhaha des conversations noie les dernières recommandations du professeur. Il se détourne avec un haussement d'épaules blasé et entreprend de rassembler ses affaires pendant que les élèves se lèvent dans un concert de raclements de chaises.

— Maintenant ! je m'exclame.

Je me dirige vers le professeur d'une démarche que j'espère naturelle, et Mike m'emboîte le pas. M. Farell a le nez dans sa serviette lorsque je tousse discrètement.

—Monsieur ? enchaîne Mike. J'avais une question sur le troisième exercice que vous avez corrigé tout à l'heure.

La tête barbue du professeur ressurgit à l'air libre.

—Eh bien, quoi ? Pourquoi n'avez-vous pas demandé pendant le cours ?

—Léa m'a fait comprendre que ce n'était pas une bonne idée d'intervenir toutes les cinq minutes, explique tranquillement Mike.

—Ah, ça. Il y a un programme à respecter et je vous avoue que… mais vous m'avez tout l'air doué en maths. Je ne pensais pas nos collègues australiens aussi efficaces. Alors, quelle est votre question ?

Je suis du coin de l'œil les élèves qui sortent de la salle les uns après les autres. Maxime et ses amis traînent des pieds, prennent leur temps pour récupérer leurs sacs. Ambre semble la plus remontée ; elle agite les bras comme un moulin à vent et, même si je n'arrive pas à entendre ce qu'elle dit d'ici, je ne peux rater la lueur de haine dans son regard.

—… dans le même champ que ce vecteur ? termine paisiblement Mike.

Rien ne peut le perturber, ou quoi ?

Le professeur fronce les sourcils, se penche sur les symboles que Mike vient de griffonner sur un morceau de papier.

—Je ne m'étais jamais posé la question, mais j'imagine qu'une telle méthode pourrait fonctionner, oui. Seulement, cela nécessite d'appliquer… Mon garçon, vous avez un niveau de mathématiques exceptionnel. Certaines des notions que vous mettez en avant ne sont étudiées qu'en licence. Et pourtant…

Je cesse d'écouter lorsque Maxime se lève, lassé d'attendre. J'avais raison, il n'a aucune patience. Il passe devant nous, les bras ballants, un rictus de défi aux lèvres.

— Au revoir m'sieur ! clame-t-il à la cantonade.

Puis, plus bas, il ajoute :

— Vous ne pourrez pas rester ici toute la pause…

Il franchit la porte avec ses comparses et je me retrouve seule dans la classe avec Mike et le professeur. Je ne sais pas ce qu'il a sorti comme théorie pendant que j'étais distraite, mais M. Farell a oublié l'heure et contemple les équations avec une fascination non feinte. Soudain, il fronce les sourcils.

— Attendez, je vois tout de même une erreur dans votre raisonnement. Sur cette ligne, en fonction de la valeur du vecteur, vous risquez une division par zéro.

Sans se laisser démonter, Mike repart dans une explication pas à pas. M. Farell est suspendu à ses lèvres, comme fasciné. Je n'aurais jamais imaginé un tel succès. J'attends une minute, puis deux, puis dix. Une fois l'adrénaline retombée, le temps devient long alors que j'entends sans écouter le bourdonnement d'une conversation bien trop complexe pour moi. Du coup, je m'occupe en essayant de faire tourner l'effaceur comme Mike le faisait.

Peine perdue, c'est plus dur que je le croyais.

Ou alors je ne suis pas douée.

Enfin, le professeur paraît se réveiller et consulte sa montre.

— Doux Jésus, je ne pensais pas discuter aussi longtemps avec vous. Je dois y aller, mais je ne manquerai pas de réfléchir à votre théorie. Vos idées sont fascinantes, mon garçon. Vous devez vous ennuyer au milieu de ces élèves médiocres (il se tourne vers moi) sans vouloir vous vexer, bien sûr, jeune fille.

— Oh ben non, je ne suis pas vexée, j'ironise.

Tout se déroule mieux que prévu. M. Farell rassemble ses affaires et sort dans le couloir en discutant avec Mike, et je les suis en regardant dans toutes les directions comme un faucon. Ou une biche aux abois, d'accord. Si jamais Maxime veut nous tendre une embuscade, il en sera pour ses frais. Mais je ne vois aucune trace du garçon ni de son groupe. Mon téléphone vibre ; un message de Mounia qui annonce qu'elle a pris une table dans l'aile droite de la cantine.

Je me force à respirer normalement. Tout va rentrer dans l'ordre, au moins pour le moment. Maxime ne pourra plus intervenir pendant la pause de midi. Et ce soir... ce soir, je parlerai à mon père et il trouvera une solution.

Il a de nombreux défauts, je ne lui ai toujours pas pardonné son comportement d'hier, mais il reste mon père – et un génie à l'intelligence aiguisée. J'ai toute confiance en lui pour trouver une solution.

Seulement il va falloir tenir toute la journée. Ça me fatigue d'avance.

— Bonne journée à vous, et bon appétit surtout.

Sur cette dernière phrase, M. Farell franchit les grilles du lycée.

—Alors, est-ce que j'ai bien rempli mon rôle ? me demande Mike en souriant.

—Plus que bien. Je ne sais pas ce que tu lui as dit mais tu l'as hypnotisé ! Je ne pensais pas qu'on pourrait le suivre jusqu'au portail. Maintenant, on peut retourner tranquillement à la cantine. Merci !

—Je n'en suis pas si sûr. Maxime et ses amis nous suivent depuis la sortie de la classe. Je pense qu'ils ne vont pas tarder à intervenir.

—Quoi ? je glapis.

Je n'ai rien vu. Pourquoi n'ai-je rien vu ?

—Ils en parlaient tout à l'heure en cours, explique Mike. Ils racontaient qu'ils attendraient le temps qu'il faudrait, mais qu'ils m'attraperaient.

—Comment est-ce que tu as entendu ça à cette distance ? Tu es un extra-terrestre ou quoi ? Et... non, en fait c'est pas le sujet ! Pourquoi est-ce que tu as continué à suivre mon plan alors qu'il ne servirait à rien ?

Mike hausse les épaules.

—Tu m'as dit de te faire confiance, je t'ai fait confiance, non ?

—Oui mais...

—Les voilà ! Et enfin seuls !

La voix de Maxime nous coupe net. Il sort de derrière un pilier du préau, ses sbires derrière lui. Il ne se donne plus la peine de paraître tranquille ou détaché. Il se méfie désormais de Mike, se déplace à moitié courbé comme un boxeur, et ses mains dans les poches prennent soudain un air menaçant.

— Léa, annonce tranquillement Mike, comme je te disais, je t'ai fait confiance. Maintenant, ça va être à ton tour de me faire confiance.

— Comment ça ?

— Ça t'ennuie que je te prenne dans les bras ?

Je le regarde, incrédule.

— Dans les bras ? Qu'est-ce que tu racontes ?

— C'est la seule solution.

— Attends, qu'est-ce que tu veux dire, *dans les bras* ?

Maxime s'est rapproché. Encore une fois, la plus remontée, c'est Ambre. Elle pousse à moitié Kevin et Mehdi dans sa fureur sanguinaire.

— Allez, explosez-le, vous allez pas le laisser vous narguer ! Moi je m'occupe de la pute !

— Elle parle de toi ? s'enquit Mike en se tournant vers Léa.

— Il faut croire… Hé, qu'est-ce que tu voulais dire par *dans les bras ?*

Il ne répond pas, se contente de se baisser et de me soulever comme une princesse en détresse.

— Euh…

Puis il part en courant vers le bâtiment le plus proche.

Chapitre 10

— Lâche-moi ! je crie.

Le vent de la course me fouette le visage et plaque mes mèches contre mes yeux. Je tente de me débattre, mais Mike me tient fermement contre son torse et ne semble pas disposé à me libérer de sitôt. Autour de moi, le paysage défile à une vitesse folle. J'entends les cris de surprise et de colère des brutes derrière moi.

— Rattrapez-les ! hurle Maxime.

Tout d'un coup, ça ne semble plus une si bonne idée que Mike me lâche. Je me cramponne à lui, m'accroche du mieux que je peux à son bras et son tee-shirt alors qu'il ouvre à la volée la porte du bâtiment le plus proche. Il se lance à l'assaut de l'escalier, protégeant ma tête de sa main pour que je ne me cogne pas contre les rampes. J'apprécie sa sollicitude mais je suis ballotée en tous sens et je sens la nausée m'envahir.

— Qu'est-ce que vous faites, ils vont s'enfuir ! rugit Ambre de sa voix aiguë.

— Aucune importance, ils sont coincés ! lance Kevin en réponse.

Je frissonne et resserre ma prise contre le torse de Mike, comme si je pouvais faire disparaître mes ennuis d'un coup de baguette magique. Kevin a raison. Je ne me souviens pas d'une autre issue.

— Qu'est-ce qu'on fait quand on ne peut plus courir ? j'articule entre deux cahots.

— On y réfléchira quand ça nous arrivera, répond Mike.

Il bondit de marche en marche, montant l'escalier à une vitesse folle. Un seul faux mouvement et il risque de tomber – et de m'entraîner dans sa chute. Pourtant, il n'hésite pas. De mon côté, je finis par fermer les yeux en me répétant que tout cela n'est qu'un cauchemar. Avant-hier encore, je menais une vie normale. Non, vraiment.

Arrivé au troisième et dernier étage, Mike commence à courir dans le couloir. Il dégage une main sans me lâcher pour autant, et entreprend de vérifier si une porte peut s'ouvrir. La première résiste, la deuxième aussi, la troisième également.

— Laisse tomber, ce sont les labos de langue. Ils sont tous fermés pendant la pause pour éviter les vols, je halète.

C'est Mike qui a fourni tous les efforts et c'est pourtant moi qui me sens à bout de souffle, le cœur battant la chamade. Je me contorsionne pour regarder par-dessus son épaule, guettant avec inquiétude l'apparition de Maxime et de ses amis.

Mike est décidément très rapide – j'entends à peine les bruits de pas et les cris de nos poursuivants. Mais si nous ne trouvons pas de sortie, ça ne servira à rien. Ils se rapprochent, et ils finiront bien par nous coincer. Or toutes les portes de l'étage sont fermées. Toutes, sauf...

— Les toilettes ! je m'écrie soudain.

Mike hoche sobrement la tête et, tout en me serrant contre lui, reprend sa course vers le bout du couloir. Je n'ai pas le temps de protester quand il ouvre d'un coup de pied la porte des sanitaires des garçons.

C'est la première fois que je pénètre dans un tel endroit. Je me suis déjà demandé avec Mounia à quoi ça ressemblait, et nous avions gloussé en nous disant que, forcément, ça devait être sale et mal entretenu.

Ça l'est.

Après la dixième réfection de la plomberie, les équipes de maintenance ont jeté l'éponge. Des urinoirs mal récurés côtoient deux éviers qui fuient et une glace fissurée. C'est comme si tout l'argent qui déborde pour repeindre les façades, acheter des ordinateurs portables flambant neufs et payer les labos de langue se voyait soudain coupé dès lors qu'il s'agit de l'hygiène la plus élémentaire.

Malgré ma position précaire, je porte la main à mon nez devant l'odeur écœurante qui flotte dans la pièce.

— On pourrait peut-être se cacher dans les toilettes des filles, plutôt, non ?

D'accord, je suis *consciente* de la futilité de ma demande, mais je me sens comme une intruse dans cet univers d'urine et de papier toilette déchiré.

— On n'a plus le temps, répond Mike, l'air concentré. Ils arrivent.

Il ouvre l'une des cabines d'un coup d'épaule et rentre à l'intérieur – *toujours sans me lâcher!* Il a à peine le temps de donner un tour de verrou que la porte des toilettes claque contre le mur.

— Ils sont forcément là ! crie Mehdi.

— Je regarde du côté des filles, fait la voix d'Ambre, plus éloignée.

Mehdi ouvre une à une les portes des cabines. Je vois ses pieds s'arrêter juste devant la nôtre alors qu'il pousse sur le battant. Je sursaute devant le bruit sourd ; Mike m'adresse un sourire rassurant.

Rassurant, tu parles.

— Là-dedans ! s'exclame Mehdi.

Des chaussures martèlent le couloir alors que les charognards se massent devant la porte. Ils sentent l'odeur du sang, et ça les rend fous.

— La traque est finie, susurre Maxime, qui a retrouvé sa voix doucereuse. Vous sortez tout seuls, ou il va falloir qu'on défonce cette porte ? Je vous préviens, on n'hésitera pas.

Jusqu'ici, j'étais paralysée par la peur. Bizarrement, les mots de Maxime me fouettent jusqu'au sang. De toute façon, je ne peux pas reculer. Je réalise que j'ai enfoncé mes ongles dans la peau de Mike et que je suis pressée contre ses pectoraux. On dirait un mur d'acier. Insensible à la douleur que je dois lui causer, il a les yeux mi-clos, comme s'il cherchait une solution.

— Tu peux me déposer, ça va aller, je souffle en gigotant. J'ai besoin de mes deux mains.

Mike hésite un instant puis me lâche les jambes. Il attend que j'aie pris appui sur le sol pour me libérer totalement. Il a des gestes étonnamment doux, étonnamment tendres.

— Tu devrais appeler quelqu'un, observe-t-il tranquillement. La porte ne va pas tenir si jamais ils essaient de l'enfoncer. Et je ne pourrai pas forcément te protéger.

— Me protéger ! Ah oui, tu fais du super boulot ! je crache.

— Je fais ce que je peux. J'ai déjà dit que j'étais désolé pour hier.

Pour la première fois, une trace d'irritation apparaît et disparaît dans ses yeux marron. Je me demande si je n'ai pas rêvé. Mais, rapidement, un choc sourd contre la porte me ramène à des préoccupations plus terre à terre.

— Qu'est-ce qu'on va faire ?

— Tu n'as pas un téléphone ? suggère Mike sur le ton de la conversation. Tu pourrais demander à tes amis de prévenir des surveillants.

Bien sûr ! Je me giflerais de ne pas y avoir pensé toute seule. Il faut dire que j'ai eu mon content d'émotions pour la journée, pour la semaine – non, pour l'année.

Je fouille frénétiquement dans mes poches et en sors mon portable d'une main tremblante. L'une des brutes redonne un coup d'épaule contre la porte et je manque lâcher le téléphone.

— Si vous sortez, on ne vous fera pas trop mal, argumente Maxime, la voix plaisante. Si vous vous obstinez, par contre... Vous savez bien que cette porte ne vous protégera pas longtemps.

Comme pour lui donner raison, un nouvel impact ébranle le bois, et une fissure apparaît dans le contreplaqué de mauvaise qualité. Personne n'a jamais imaginé en fabriquant ces sanitaires que les portes fourniraient un jour une protection à des élèves en perdition – ce qui prouve bien que les constructeurs ne comprennent rien au lycée.

— Tu devrais te dépêcher, suggère Mike.

— Je fais ce que je peux !

Je compose le numéro d'Arthur, mais tombe aussitôt sur le répondeur. Je pousse un juron, passe au numéro de Mounia.

— Décroche, décroche, décroche, je supplie.

Un nouveau coup sur la porte, qui frémit de toute sa hauteur. Un des gonds grince de manière inquiétante.

— Mike, Mike, Mike, on va t'attraper, chantonne Mehdi de sa voix de basse.

— Et toi Léa, je vais t'étrangler avec tes propres cheveux, renchérit Ambre.

Je ferme les yeux et tente, ne serait-ce que pour une seconde, de faire abstraction de la cuvette des toilettes, des odeurs désagréables, des coups à la porte, des menaces et du stress qui menace de m'envahir. Sans réfléchir, je me blottis contre le torse de Mike et il me serre machinalement dans ses bras. Son tee-shirt sent la lessive, c'est un étrange réconfort. J'enfouis mon nez dans les replis du tissu. Oui, beaucoup mieux.

Une sonnerie, deux, trois.

Et puis la voix de Mounia.

— Léa ? Tu es où, on t'attend, tu sais ! On a presque fini de manger !

— Je suis coincée dans les toilettes des labos de langue, troisième étage ! Appelle les surveillants !

— Qu'est-ce que… C'est encore Maxime et sa bande ? Oh merde…

— Appelle-les, vite ! La porte va céder d'un instant à l'autre !

Je lui raccroche au nez pour ne pas que Mounia perde de précieuses secondes à poser des questions. Je l'adore, mais elle peut être si lente parfois ! De l'autre côté, Maxime a entendu ma voix et a compris ce que je voulais faire.

— Elle a appelé les pions. Dépêchez-vous !

Les coups redoublent. Le bois tremble. L'un des gonds couine dangereusement puis finit par céder.

La porte va tomber !

— Et maintenant, vous allez comprendre votre douleur ! ulule Maxime, fou de joie.

Sans hésiter, Mike prend appui sur le sol et arrête la poussée de sa propre épaule. Ses mains collées sur le contreplaqué, il empêche la porte de s'ouvrir. Les trois – les quatre avec Ambre – ont beau pousser de concert, la porte ne bouge plus d'un pouce.

— Qu'est-ce qui se passe ?

— Je ne comprends pas, c'est bloqué !

— Attendez, je prends de l'élan !

J'entends un bruit de course puis un impact violent contre la porte – mais Mike ne vacille pas. Impassible, il absorbe le choc et se permet même de me lancer un sourire rassurant.

J'en ai un peu marre, de ses sourires rassurants, alors que c'est lui qui nous a mis dans cette situation pourrie.

— Maxime, souffle la voix de Mehdi.

— Quoi ?

— Si elle a vraiment prévenu la cavalerie, on risque d'être coincés dans les couloirs aussi.

— Tu veux laisser tomber ?

— On n'a pas le temps, mec. Y a pas d'autre escalier. S'ils nous chopent en flag...

— On aura tout le temps de les défoncer à un autre moment, confirme Kevin. Ça sert à rien de s'obstiner maintenant. Qu'ils restent dans leurs chiottes remplies de pisse si ça les amuse. Allez, on s'arrache.

J'entends plusieurs baskets frotter contre le lino délavé, puis plus rien.

— On peut... sortir ? balbutié-je, le soulagement m'envahissant d'un seul coup.

Je fais un pas vers la porte à moitié dégondée mais Mike lâche sa prise pour m'attraper d'une main et me ramener contre lui.

— Hé ! je proteste.

Maintenant que le danger est passé, je prends douloureusement conscience de la présence de ce garçon étrange dans un espace d'un mètre carré. Ce garçon qui m'a soulevée à bout de bras, et contre lequel je me suis blottie faute d'autre solution.

Léa, il est désormais temps de prendre tes distances, même si son tee-shirt sent bon.

Seulement il me retient par la main.

— Tu veux bien me lâcher ? je demande en essayant sans succès de me mettre en colère.

— Pas encore, annonce Mike en indiquant l'extérieur d'un petit signe de tête.

— Comment ça ?

— Ils essaient de nous faire croire qu'ils sont partis, mais deux d'entre eux se trouvent encore là. La fille et le garçon avec les cheveux en épi.

Ambre et Kevin. Je ne me demande pas une seconde comment Mike peut savoir cela. Après tout ce qu'il vient d'accomplir, ça semble presque trivial. Je tends l'oreille mais je ne parviens à entendre que le sang qui bat à mes tempes, « tdum, tdum », comme le tambour de guerre des tribus barbares des livres que j'adore.

Cinq secondes passent, puis dix, et ma belle confiance en Mike commence à s'effriter. Est-ce qu'il a pu se tromper ? Après tout, il est tellement étrange…

Je me tourne pour lui demander une nouvelle fois de me lâcher – et j'entends un juron dans le couloir.

— On vous aura une autre fois, crache Ambre.

Les bruits de pas s'éloignent. Mike plisse les yeux puis finit par s'écarter de la porte. Sans son poids pour la retenir, le battant pendouille misérablement au bout du seul gond qui lui restait.

— Cette fois-ci, c'est bon.

Il sort de la cabine et je le suis de près. Je sens mes jambes trembler, j'ai du mal à tenir debout. Je fais un pas, deux, puis je sens un vertige m'envahir. Je pars en arrière !

Avec une rapidité impossible, Mike me récupère de son bras gauche. Je me laisse aller contre lui, incapable d'articuler la moindre pensée cohérente. Mon monde a déjà basculé dans le n'importe quoi, alors un peu plus ou un peu moins…

Je reste un instant ainsi, contre lui, à attendre que mon malaise se dissipe et que je retrouve des sensations dans mes extrémités. Je connais ces symptômes, j'ai une tension trop basse. Dans un brouillard ouaté, je perçois désormais des bruits de pas et des cris dans l'escalier. Je devrais m'en soucier, mais je n'en ai plus la force.

Bientôt, Arthur et Mounia tournent au coin du couloir, accompagnés de deux surveillants.

— Léa ! Tout va bien ?

Je hoche la tête stupidement, toujours accrochée à Mike, jusqu'à ce que Mounia se jette dans mes bras et me serre très fort contre elle. Son parfum à la vanille m'emplit les narines, chassant à la fois les odeurs d'urine et de tee-shirt propre. J'abandonne ma prise et m'écarte de Mike pour rendre maladroitement l'étreinte de ma meilleure amie. À côté, Arthur danse d'un pied sur l'autre, comme s'il ne savait pas quelle attitude adopter. Finalement, il me prend lui aussi dans ses bras lorsque je lâche Mounia.

— Bon, qu'est-ce qui s'est passé ici ? demande un des surveillants, visiblement lassé de ces effusions.

Il a encore une trace de sauce au coin des lèvres. Mounia doit l'avoir dérangé en plein repas.

Je prends une grande inspiration. Grâce à mes amis, Maxime a fui… mais est-ce que je dois vraiment raconter la vérité ? On m'a toujours dit que la loi du silence régnait au lycée et que les rapporteurs étaient vus pire que les bourreaux. Peut-être que, si je ne les dénonce pas, nous pourrons nous réconcilier ?

Mike, lui, n'a pas de tels scrupules.

— Maxime, Kevin, Mehdi et Ambre nous ont attaqués, résume-t-il. Parce que je levais trop la main en cours. Ce n'est plus le cas, mais ça ne les a pas calmés. Ils ont voulu me frapper, et ça ne me dérange pas, mais ils voulaient aussi s'en prendre à Léa. Alors nous avons fui, et nous nous sommes enfermés dans les toilettes. Ils ont essayé de casser la porte, puis vous êtes arrivés et vous nous avez sauvés. Merci.

Les surveillants le regardent, bouche bée. Ils n'ont pas l'habitude d'avoir des récits aussi calmes et précis. L'un d'eux glisse la tête dans l'embrasure de la porte des sanitaires et écarquille les yeux devant le gond arraché.

— Bon, on n'a pas le choix. On vous emmène voir le proviseur, vous lui raconterez votre histoire.

— Mais…, je proteste.

— Elle a besoin de repos, insiste Mounia.

— Tout de suite !

Le ton coupe court à toute discussion. Et Mike, Mike qui s'était montré si rassurant ces dernières minutes, Mike se tourne vers moi avec son assurance insupportable.

— Tu sais, il faut obéir aux surveillants. C'est important, l'autorité.

Chapitre 11

Je regarde Mike d'un air morne. Il fait de nouveau tournoyer son effaceur, concentré sur le discours du prof. Derrière nous, les ricanements de Maxime et de ses amis me cassent les oreilles, entrecoupés de menaces de mort proférées à voix basse.

Rien n'a changé.

Nous avons passé près d'une heure dans le bureau de M. Péguy, je n'ai même pas eu le temps d'aller à la cantine (mon estomac se tord douloureusement pour me le rappeler)… et rien n'a changé.

— Il n'y a pas suffisamment de preuves, a expliqué le proviseur, l'air ennuyé. C'est votre parole contre la leur.

— Je vous dis qu'ils nous ont agressés ! Vous devez faire quelque chose !

— Je veux bien vous croire, Mademoiselle Chaumet, mais personne n'a assisté à la scène. Et l'infirmière scolaire a confirmé que vous alliez bien tous les deux. Croyez-moi, j'aimerais pouvoir faire plus. Seulement mes mains sont liées.

— Vous avez conscience que, si vous ne les renvoyez pas, ils vont s'en prendre de nouveau à Mike… et à moi ? Il faudra qu'on se fasse tabasser pour que vous réagissiez ?

M. Péguy a vaguement haussé les épaules avant de retourner s'asseoir derrière son grand bureau en acajou. J'ai toujours eu peur du proviseur, cette figure d'autorité qui n'apparaît en public que pour froncer les sourcils. Je me suis soudain rendu compte qu'il ne servait pas à grand-chose d'autre. Comme mon père, c'est simplement un adulte qui ne comprend pas le monde dans lequel nous vivons.

— Nous tiendrons Maxime Mercier et ses amis à l'œil. Ils clament leurs grands dieux qu'ils n'ont rien à voir dans cette histoire, mais je pense qu'ils comprennent ce qu'ils risquent si jamais le harcèlement était prouvé. Rassurez-vous, mademoiselle, ils vous laisseront tranquille désormais.

— Mais…

M. Péguy n'a pas l'habitude qu'on conteste ses décisions. Il s'est avancé d'un pas, l'expression menaçante.

— Dois-je vous rappeler que vous vous trouviez avec un garçon dans les toilettes des laboratoires de langue ? que la porte d'un des sanitaires était complètement enfoncée ? Je pourrais vous accuser de vandalisme et je ne le fais pas, alors que vous étiez les seules personnes présentes lorsque les surveillants sont arrivés. Estimez-vous heureuse que la situation se règle ainsi, et veillez à ne plus vous faire attraper dans des situations incongrues.

— Mais…, ai-je de nouveau tenté.

— Allez retrouver votre… votre frère, et retournez en cours. Lui au moins s'est montré poli et respectueux. Vous devriez prendre exemple sur lui.

Prendre exemple sur Mike. Bien sûr.

Je baisse les yeux sur mon livre d'espagnol et prends deux longues respirations pour calmer la colère qui menace de m'engloutir. Tout est de sa faute, de toute façon. Sans lui, j'aurais continué à vivre une vie de lycéenne normale et je ne me serais jamais retrouvée dans le bureau du proviseur.

Ni dans les toilettes des garçons.

Et puis qu'est-ce que c'est que cette manière de courir, de bloquer une porte contre trois personnes, de la soulever comme si elle ne pesait rien ? Il a des superpouvoirs ou quoi ?

T'inquiète pas, on reste avec toi à la sortie.

Le texto d'Arthur me remonte vaguement le moral. Je me tourne vers lui et nous partageons un sourire. Oh, il ne servira pas à grand-chose si Maxime veut me donner une leçon, mais c'est sympa de voir que je peux compter sur lui. Il a toujours été là pour moi, depuis le collège, toujours présent, souriant, compatissant. Et désormais protecteur.

Pas comme Mike qui me met dans les ennuis jusqu'au cou. Je grimace en repensant au moment où il m'a prise dans ses bras. Comment ai-je pu me laisser faire ? Je me rappelle distinctement ce moment collée contre lui, le cœur battant la chamade, à attendre que la porte qui nous protégeait vole en éclats.

Je voulais être une héroïne de livres ? C'est chose faite, et ce n'est vraiment pas marrant.

Lorsque la sonnerie annonce la fin des cours et la conclusion de cette journée atroce, Maxime et ses amis se lèvent dans un bel ensemble pour quitter la classe. Ils sont déjà sortis alors que les derniers échos résonnent encore. Seule Ambre reste derrière un instant. Elle effleure mon bras avec un sourire hypocrite.

— Tu as de la chance, on ne va pas pouvoir s'occuper de toi tout de suite, ce serait trop voyant. Mais un jour… bientôt… quand tu ne t'y attendras pas… hmm, j'ai hâte d'y être ! Et je m'occuperai aussi de ton garde du corps. Stupide et sexy, il me plaît bien, en fait. Ça doit être génial de l'avoir dans ta maison. Est-ce que tu penses à lui parfois la nuit ? Si j'étais toi, j'en profiterais pour le mater sous la douche.

Je cherche désespérément quelque chose à lui répondre, quelque chose d'intelligent, mais elle a déjà disparu à la suite de ses amis dans un grand nuage de parfum.

Maxime et ses amis ont perdu, non ? On leur a résisté. Alors pourquoi ai-je l'impression que c'est moi la plus perdue de tous ?

En soupirant, je ramasse mes affaires et je sors à mon tour.

— C'est dégueulasse que le proviseur n'ait rien fait, observe Mounia alors que nous descendons lentement les escaliers. Il les protège, il n'y a pas d'autre mot.

— Il ne veut pas d'ennuis avec leurs parents, je suppose, soupire Arthur. Le père de Maxime est un quelqu'un d'important, ça ferait trop de vagues.

— Tu crois que c'est pour ça ? Moi, je pense que c'est juste un lâche et qu'il aurait réagi pareil quelle que soit la famille.

Nous marchons en silence jusqu'à la grille. Ambre n'a pas menti : personne ne nous attend pour nous agresser. Pourtant, la présence de Mounia et Arthur est comme une bouffée de fraîcheur après les événements de la journée. Je n'ai pas envie qu'ils partent, pas maintenant. Je n'ai aucune envie de rompre ce moment pour me retrouver de nouveau seule avec Mike.

— En tout cas, on dira ce qu'on voudra, vous leur avez échappé, relève Mounia avec une ébauche de sourire. Vous devez être les premiers à y être parvenus. La plupart des gens se font racketter sans se défendre.

Arthur hoche la tête.

— Clairement. Tu as beau te dire en ce moment que tu es au trente-sixième dessous, que ta vie est foutue et que tout le monde te déteste, je suis sûr que vous avez été une inspiration pour pas mal de gars de la classe. Et vous avez porté plainte devant le proviseur, ça devait être une première.

— Pour ce que ça a servi…, je marmonne.

— Ça n'a pas servi *maintenant*, mais ça a planté les premières graines. Peut-être que, grâce à vous, quelqu'un d'autre portera plainte un jour. Peut-être que le proviseur sera obligé d'agir quand les témoignages se seront multipliés. Regarde, même si tu dis que ça ne sert à rien, ça a obligé Maxime et sa bande à se tenir à carreau quelques jours, le temps que le soufflé retombe. Ce n'est pas rien. Franchement, je suis fier de toi.

J'acquiesce lentement. Je ne suis pas convaincue, mais c'est agréable de le croire, de penser que mes actions ont pu avoir un impact.

Je lance un regard à Mike qui suit la conversation sans rien dire, son drôle de petit sourire aux lèvres. Il n'a qu'une expression en stock ou quoi ?

— D'accord, on a levé le drapeau de l'espérance, super. Sur le principe, c'est génial, mais pourquoi il a fallu que ce soit nous ?

— Regarde Katniss Everdeen, offre Mounia. Tu penses vraiment qu'elle voulait être le symbole de la rébellion ?

— Elle s'est portée volontaire au début pour les Hunger Games, je proteste en tiraillant ma natte. Moi, je n'ai rien demandé.

— C'était pour sauver sa sœur !

Nous nous lançons dans une discussion endiablée sur les mérites du film et du livre et, pendant un instant, un instant seulement, je retrouve l'insouciance que nous avons toujours partagée. Les arguments fusent avec bonne humeur, Mounia défend l'adaptation, je m'obstine sur les trahisons, Arthur rit de bon cœur.

Puis il regarde sa montre, l'air ennuyé.

— J'ai théâtre dans une demi-heure, les autres ne peuvent pas jouer sans moi, je vais devoir y aller.

Première nouvelle.

— Tu fais du théâtre, toi ?

— Eh oui, tu ne savais pas ? Il y a beaucoup de choses que tu ignores sur moi… Mais si tu as besoin d'une escorte jusqu'à la maison, je peux essayer de…

— Non, vas-y, c'est bon. Comme tu dis, ils n'oseront rien aussi tôt. Mais merci. Ça te va bien de jouer les chevaliers.

Arthur rougit vaguement puis cache son trouble en s'inclinant bien bas et en écartant une cape imaginaire. Il prend congé et Mounia reste encore quelques minutes à discuter avant de s'éclipser à son tour.

Et nous nous retrouvons seuls.

— Bon… je crois qu'il est temps de rentrer…

Mike hoche la tête, toujours sans parler. D'un seul coup, l'ambiance s'est rafraîchie. Je remonte l'avenue en ressassant de sombres pensées. J'ai vécu cette journée avec la peur au ventre, ce qui m'a empêché de réfléchir clairement. Maintenant que je peux souffler, je repense à toutes les bizarreries de Mike.

Lorsque mon père m'a demandé de lui signaler tout comportement étrange, il ne croyait pas si bien dire. Ce n'est pas une liste que je vais lui faire ce soir mais un roman !

— Je suis désolé, déclare soudain Mike.

— Pardon ?

— Pour ce matin. Enfin, pour hier. Je ne pensais pas que j'allais te mettre en danger. J'aurais dû mieux réagir. Peut-être que j'aurais pu les entraîner loin de toi ce midi. J'ai pris une mauvaise décision. Nous avons failli nous retrouver coincés.

Des excuses de la part de Mike ? J'avoue que je ne m'y attendais pas. Du coup, automatiquement, toute ma colère s'évapore. C'est plus fort que moi, c'est mon caractère – dès que quelqu'un a l'air de vraiment regretter ses gestes, je lui pardonne tout. Tiens, même Maxime, je pourrais lui pardonner s'il était sincère.

C'est dire comme je peux être stupide.

— Ce n'est pas grave, je marmonne. Mais il y a quelque chose que je ne comprends pas. Tu es super fort, non ?

Mike hésite, s'arrête de marcher le temps de me dévisager.

— Pourquoi tu dis ça ?

— Tu m'as portée sans difficulté, sans que ça te gêne pour courir dans l'escalier. Tu cours vraiment vite, d'ailleurs. Et tu as pu empêcher les autres d'enfoncer la porte des toilettes. C'était impressionnant. Sans parler de tes exploits ce matin, quand tu as réussi à tous les esquiver. Ils avaient l'air ridicules et, crois-moi, c'est rarement le cas.

— Merci, marmonne-t-il.

— Du coup, pourquoi tu ne te bats pas ?

Il hausse les épaules.

— Est-ce que ça changerait quelque chose ?

— Pas vraiment, mais…

— Voilà la réponse. On ne règle pas la violence par la violence.

Je serre les dents pour étouffer la réplique qui me monte aux lèvres. Mike me tape sur le système avec son côté

Gandhi. Chaque fois que j'ai l'impression de le cerner, il se retranche derrière sa carapace de garçon sage et bien sous tous rapports. Pourtant, je sens que quelque chose cloche et je finirai bien par découvrir de quoi il s'agit.

Perdue dans mes pensées, je tourne au coin de la rue de la Pompe lorsqu'une main se pose soudain sur mon épaule. Je sursaute – mais ce n'est que Mike, de nouveau.

— Tu m'as fait peur ! Qu'est-ce qui se passe ?

— On devrait prendre un autre chemin, explique-t-il, l'air soucieux.

C'est la première fois que je lui découvre cette expression. Même dans les pires moments, bousculé par Maxime, poussé dans ses retranchements par le proviseur, il a gardé sa bonne humeur. J'avale ma salive, je me retrouve avec la bouche sèche, et je coule un regard par-dessus son épaule.

— Qu'est-ce qui se passe ?

— Rien.

— Euh, non, c'est pas rien, je le vois bien.

Il me fait signe de me taire et j'aimerais protester, rien que pour lui montrer que ce n'est pas lui qui commande. Seulement je commence à être contaminée par son inquiétude et je finis par refermer la bouche sans rien dire.

Enfin, après une dizaine de secondes, il se détend. Son sourire habituel réapparaît.

— Des gens nous attendent de ce côté.

— Maxime et sa bande ? je demande, affolée.

Autour de nous, la foule de début de soirée me semble soudain une maigre protection. Je cherche du regard une cachette, un bar-brasserie dans un coin, une supérette dans un autre. Mais déjà, Mike secoue la tête.

— Non, pas eux. Et c'est bon, ils sont partis. On peut y aller.

La colère gronde soudain en moi, à la mesure de la peur que je viens d'éprouver.

— Tu me caches des trucs, et je déteste ça !

— Je croyais que c'était courant entre frère et sœur…

Ha ha, très drôle. Il s'engage dans la rue et je lui cours après pour le rattraper. Je regarde désormais autour de moi, guettant le moindre signe d'activité suspecte. Qu'est-ce qui a bien pu autant inquiéter Mike l'imperturbable ?

Malgré mes relances, je n'obtiens aucune réponse et je suis à deux doigts d'exploser lorsque j'insère la clé dans la serrure de l'appartement. Mon père n'est pas là et je ne peux m'empêcher de grimacer. Sa promesse d'être plus présent a tenu, quoi, trois jours ?

— Léa…, commence Mike en s'arrêtant dans l'entrée.

— Non, c'est bon, j'ai compris, tu ne veux pas me raconter ce qui se passe, tu ne veux pas me dire pourquoi tu es bizarre, tu veux me cacher tous tes secrets. Super. Bon, je vais dans ma chambre, j'ai du travail.

— Tu as raison, les devoirs, c'est important, acquiesce-t-il en se détournant pour fouiller dans son sac de cours.

Je lève les yeux au ciel puis monte les marches quatre à quatre.

Pourtant, je n'ai pas la moindre intention d'étudier.

Chapitre 12

Je referme la porte et me jette sur mon lit, le cœur battant. Enfin seule.

Je refuse de rester ainsi sans rien comprendre. Si personne ne me donne de réponse, je vais les trouver toute seule. Et, pour commencer, je dois vérifier certains éléments.

C'est vrai, quoi, un frère me tombe soudain du ciel et j'ai été trop choquée par la nouvelle, par la soudaineté de ce changement pour me poser la moindre question. Tout ce qui m'importait, c'était de savoir si j'allais devoir changer de chambre.

Maintenant que j'y pense, c'est tout de même étrange que mon père n'ait jamais mentionné son filleul une seule fois avant ça. Il n'a jamais parlé de cette mystérieuse famille Guibert ou de l'Australie. Et puis il n'en a même pas discuté avec ma mère avant d'accepter. Ça aussi, c'est bizarre, non ?

Non, je me corrige mentalement. Il en est tout à fait capable. Je suis la première à reconnaître que mon père n'a jamais eu la tête sur les épaules. Il ne prévient jamais quand il rentre tard, il oublie une fois sur deux d'avertir quand il a un colloque, et il a une fois appelé d'un autre pays pour s'excuser de ne pas revenir pour la nuit. Alors oui, peut-être qu'il n'a pas pensé à nous avertir de ce bouleversement.

Mais le reste, le reste ?

J'attends que mon ordinateur finisse de s'allumer puis, après un instant d'hésitation, tape « accident de voiture meurtrier Sidney Guibert ».

Aucun résultat.

Je fronce les sourcils, avant de réaliser que j'ai fait ma recherche en français. Bien sûr. Les journaux d'ici n'en ont probablement rien à faire d'une collision à l'autre bout du monde. L'ennui, c'est que mon niveau d'anglais est lamentable.

Je réfléchis, fouille ma mémoire à la recherche de mots-clés. Mes cours me semblent déjà très loin. Finalement, je conserve simplement les mots « Guibert », « Sidney » et « accident ». Je crois que c'est le même mot en anglais et en français.

Cette fois, j'obtiens des résultats. Je clique sur le premier article et, sans hésiter, colle l'intégralité de la page dans Google Trad.

« Un couple est mort après avoir heurté du pylône alors qu'il changeait sa ligne. La police a déclaré une voiture a traversé la bande médiane sur le Boulevard et a tapé le pylône. M. Guibert, 48 et Mme Guibert, 44, sont morts à la scène. Ces derniers décès portent le nombre de victimes en Australie du Sud à 97 de cette année, 9 de plus que l'année dernière. »

Comme d'habitude, le programme de traduction fait des erreurs mais me permet de comprendre le sens général de l'article. Il y a bien eu un accident, et les parents de Mike sont bien morts. Pourtant...

Je fouille de nouveau, à la recherche d'un article plus précis. Je me sens empreinte d'une curiosité morbide et je cherche la moindre photo des parents, le moindre détail, quoi que ce soit qui me permettrait de mieux comprendre l'inconnu qui a fait irruption dans ma vie, cet inconnu à la peau trop lisse, au sourire trop sarcastique et aux réflexes trop aiguisés.

« County Sheriff députés inspecter les lieux d'une collision entre une voiture et un pylône à l'intersection de l'Ohio 46 autour de 17 h 22. Les deux passagers, M. et Mme Guibert ont été emmenés par ambulance mais sont morts à l'arrivée. »

Les articles se succèdent, confirmant le terrible accident qu'ont subi les Guibert. Après en avoir lu une dizaine, je me sens stupide d'avoir douté. De toute façon, à quoi m'étais-je attendue ? À ce que ce soit un montage de toutes pièces ?

Oui, suis-je obligée de m'avouer. Oui, j'avais espéré découvrir des indices sur une vérité dissimulée. Seulement il n'y a pas de complot, pas de manipulation, simplement un triste fait divers impliquant une famille morte dans un accident de voiture.

Et puis je m'interromps, les doigts en l'air au-dessus du clavier.

Il manque quelque chose dans tous ces comptes rendus.

Bien sûr, il s'agit d'un simple accident de la circulation et les journalistes vont à l'essentiel pour résumer le drame en quelques lignes.

Pourtant, aucun d'entre eux…

Aucun d'entre eux ne mentionne que le couple avait un enfant.

Est-ce normal ? Est-ce qu'un journaliste n'aurait pas dû aller jusqu'au bout de son article, rajouter deux lignes pour parler d'un pauvre adolescent devenu orphelin ? Ou est-ce que ce n'est pas le sujet ?

Frustrée maintenant, je fais les cent pas dans la chambre, réfléchissant à toute vitesse. Ce que j'ai trouvé ne confirme pas mes doutes, mais il ne les apaise pas non plus. J'ai besoin de plus de détails ; et je suis trop nulle en anglais, sans même parler de ma maîtrise de la recherche Internet. C'est tout un art, et je n'en connais que les balbutiements. Je préfère les livres, moi. L'odeur du papier, de la glu, de l'encre. Bon, d'accord, j'invente ces parfums mais j'ai vraiment l'impression de les sentir à chaque fois que je prends un roman dans mes mains.

Mon ordinateur, je préfère m'en servir pour regarder les vidéos des derniers YouTubeurs à la mode et alimenter mon Pinterest.

Heureusement, je connais quelqu'un qui se sent beaucoup plus à l'aise dans ce genre de démarche.

— Allô, Arthur ?

— Léa ? Que me vaut le plaisir ?

Il est comme ça, Arthur, il utilise l'expression « que me vaut le plaisir », et je ne parviens même pas à lui en vouloir. Malgré mon stress, malgré mon inquiétude, j'esquisse un sourire en entendant sa voix familière.

— Tu pourrais me rendre un service ?

— Euh, là je suis en train de faire couler le bain pour mon petit frère mais après, tout ce que tu veux, princesse !

Je lui explique ce que je recherche et il m'écoute sans broncher. Il me demande même de patienter le temps de trouver un bloc-notes. Quelques secondes après, il s'éclipse pour arrêter l'eau puis reprend la communication.

Lorsque je raccroche, je me sens presque apaisée. Arthur a souvent cet effet sur moi. Et puis je me suis adressée au meilleur. Si quelqu'un peut trouver des détails sur Internet, c'est bien lui. Il y passe sa vie, traîne sur des dizaines de forums de discussion, est même modérateur sur certains.

Je me rassois sur ma chaise et passe à la seconde phase. Je me sens complètement ridicule en rentrant les mots dans le moteur de recherche, pourtant je ne peux nier ce que j'ai vu de mes propres yeux.

D'accord, Mike est peut-être réellement australien. Mais...

Il est capable d'acrobaties incroyables.

Il court très – trop ? – vite, même lorsqu'il a quelqu'un dans les bras (au hasard, moi).

Il est assez fort pour bloquer une porte contre trois garçons costauds sans bouger d'un pouce.

Et, surtout, il a accompli tous ces exploits sans le moindre effort.

Ah oui, et il a une plastique parfaite, un peu trop parfaite d'ailleurs.

En levant les yeux au ciel, je tape « force surhumaine », « vitesse surhumaine », « beauté surhumaine » dans le moteur de recherche. Sans grande surprise, je tombe sur des centaines de sites me renvoyant à diverses séries à succès, de *Twilight* à *Hush Hush*. Sur les forums, les gens parlent de vampires, de loups-garous, d'anges ou de démons. Dans une série exceptionnelle intitulée *Le Noir est ma Couleur*, les héros peuvent décupler leur force à travers la magie. En cherchant plus avant, je tombe sur des histoires de zombies et de revenants, de demi-dieux ou même de dieux tout court qui s'incarnent sur Terre pour de nombreuses raisons – la plus fréquente semblant visiblement d'être tombé amoureux d'une banale mortelle.

Je ferme les fenêtres une à une, puis me prends la tête dans les mains. Ça ne rime à rien. Je suis trop cartésienne pour imaginer des scénarios aussi tourmentés. D'accord, je lis ce genre de livres, mais pour le plaisir, pas pour le côté scientifique. Je ne crois déjà pas aux fantômes, alors les loups-garous…

Peut-être que je pourrais demander à mes amis ? Mounia a un côté terre-à-terre rafraîchissant alors qu'Arthur baigne dans toutes les thèses complotistes à la mode.

Mais ça voudrait dire parler des étranges capacités de Mike et je ne m'en sens pas la force. Arthur se doute déjà que je me méfie de lui vu les recherches que je viens de lui demander. Et puis, je sais ce que les deux me répondraient.

— C'est impossible, affirmerait Mounia d'un ton péremptoire. Tu as cru qu'il bougeait aussi vite parce que tes perceptions étaient brouillées par l'adrénaline. Franchement, il n'a rien d'extraordinaire, ton Mike. Bon, il est beau, on ne peut pas lui enlever ça, mais ce n'est pas le sujet.

Non, ce n'est pas le sujet.

— Je suis sûr que c'est un extraterrestre, déclarerait Arthur en baissant la voix. Je n'ai jamais été convaincu par ces histoires de zone 51 et de Roswell. C'est trop facile d'imaginer des extraterrestres moches et difformes. Non, si ça se trouve, ils peuvent se faire passer pour nous. En plus beau, forcément, même si ce n'est pas le sujet.

Non, ce n'est pas le sujet.

— Je cours très vite parce que je suis sportif, expliquerait Mike de sa voix tranquille. C'est parce que mes parents sont morts, ça me donne des forces. Et arrête de penser que je suis beau.

Parce que ce n'est pas le sujet.

Je rouvre une fenêtre Internet d'un index fatigué. Personne ne pourra me donner la solution de cette énigme.

Non. Pas *personne.* Si quelqu'un a des réponses, il s'agit bien de mon père. Après tout, c'est lui qui a fait venir Mike dans la famille. C'est à cause de lui qu'on en est là.

Une vibration contre ma hanche me tire de mes pensées. Arthur me rappelle ! Je décroche aussitôt, le cœur battant. Je savais que je pouvais lui faire confiance.

— Oui ?

— J'ai cherché ce que tu m'as demandé. Il y a bien quelques articles qui font mention d'un enfant nommé Mike Guibert. J'ai même trouvé un journal australien qui parle de lui au moment de l'accident de ses parents.

— Oh, je murmure, presque déçue.

J'avais fini par m'habituer à l'idée qu'il y avait quelque chose de louche là-dessous. Arthur me ramène brutalement sur terre. Comme dit ma mère, j'ai une imagination débordante. Un complot ! Et pourquoi pas une conspiration gouvernementale en plus ?

— Attends, continue Arthur alors que sa voix monte d'une octave. Attends, ce n'est pas tout ! Je ne me suis pas arrêté là, figure-toi.

— Comment ça ?

— Ben il y avait quelque chose de bizarre. Je veux dire, d'accord, je suis tombé sur des articles, mais il n'y avait aucune autre preuve de l'existence de Mike. Pas de page Facebook, pas d'Instagram, de Twitter…

— Tu sais, tout le monde n'aime pas les réseaux sociaux.

— Ouais, mais quand même. Et attends, il ne figure dans aucune liste de club de sport, il n'a jamais été inscrit dans les bibliothèques municipales de son comté – alors que ses parents oui. C'est comme s'il n'avait jamais existé.

— Peut-être qu'il est inscrit sous un autre nom ? Pas Mike mais Mickael par exemple ? je suggère d'une voix faible.

— Prends-moi pour un con. J'ai tout testé, il n'apparaît nulle part. Du coup, je me suis intéressé de plus près aux trois articles qui le mentionnaient, et au journal australien.

— Et alors ?

— Et alors c'est des *fake*. L'hébergeur n'est pas le même, et la date de publication ne correspond pas. Les mecs qui ont fabriqué ça ne sont pas des pros, c'est évident. Ils ont falsifié quelques pages à la va-vite mais ils ont oublié plein de détails. Quand tu commences à creuser, tu vois tout de suite les erreurs. Ils sont passés par un proxy qui…

— Arthur, je ne comprends rien, et ça ne m'intéresse pas.

— OK, OK, désolé. En résumé, tu avais raison, ton Mike est chelou.

— Ce n'est pas *mon* Mike, je proteste.

— C'est censé être ton frère, non ? C'est ça que je voulais dire. Enfin bref, si tu préfères, Mike-tout-court est chelou. La famille Guibert a bien eu un accident, mais elle n'a pas l'air d'avoir laissé un orphelin. Je ne sais pas ce que ça cache mais elle pue, ton histoire.

Je reste muette quelques secondes. Ça doit paraître long, au téléphone, mais je ne sais pas ce que je pourrais bien dire. C'est une chose d'avoir des doutes, c'en est une autre de les voir ainsi confirmés.

Ce soir, je vais affronter mon père. Tant pis s'il rentre tard, je resterai éveillée jusqu'à son arrivée. Il ne pourra pas se défiler et j'obtiendrai enfin des informations. Comment ose-t-il nous mentir ainsi ?

— Merci, je finis par souffler d'une voix atone. Je n'aurais jamais réussi à trouver tout ça sans ton aide.

— Pas de souci, tu sais bien que je ferais n'importe quoi pour toi, ricane Arthur. Hé, tu crois que Mike est un extraterrestre, genre Roswell mais en beau gosse ?

Chapitre 13

Je regarde ma montre.

Pour la millième fois.

Les chiffres digitaux changent avec une lenteur d'escargot. Le temps s'écoule décidément de manière différente selon la situation. C'est sans doute ce qu'Einstein appelait la loi de la relativité. Quand je m'amuse avec mes amis, les heures défilent au rythme des minutes. Lorsque je suis en cours de maths, c'est le contraire.

Bon, peut-être que ce n'est pas ce qu'Einstein voulait dire, mais ça reste l'idée.

Maintenant que j'attends mon père pour le confronter à ses mensonges, le temps a décidé de s'engluer.

De la musique provient de la chambre de Mike. Il n'est pas encore couché, à cette heure ? Et puis c'est quoi, ces goûts musicaux ? Est-ce qu'un extraterrestre aimerait Maître Gims ? Est-ce qu'un loup-garou écouterait du Rihanna ?

Lorsque la porte d'entrée pivote enfin, je me lève d'un bond. Je suis décidée à prendre mon père par surprise, avant qu'il ait pu tisser une toile d'approximations et de faux-semblants. Je sais qu'il est particulièrement brillant et qu'il parviendra à m'embrouiller si je lui en laisse la possibilité.

— Papa…, je commence, furieuse.

Puis les mots se bloquent dans ma gorge. C'est ma mère qui vient de pénétrer dans l'appartement. Elle pose son porte-documents sur la table et me fait face, les sourcils froncés.

— Eh bien, qu'est-ce que c'est que cette tête ?

— C'est… Je suis désolée, je pensais que c'était papa.

— Il n'est pas rentré ? C'est étrange, il m'avait dit qu'il serait là tôt.

— Non, je marmonne, dépitée. Ses promesses n'ont pas tenu longtemps.

— Ne dis pas ça. Il est surchargé de travail en ce moment, le pauvre. C'est pourtant bizarre, il voulait absolument être présent pour…

Je suis suffisamment énervée pour ne pas vouloir subir de nouveau ce discours.

— Pourquoi est-ce que tu le défends toujours ? Tu ne le vois jamais, toi non plus ! Est-ce que ça ne te pèse pas ?

Ma mère me regarde, incrédule, et je détourne les yeux. Ce n'est pas ce que je voulais dire, en tout cas pas comme ça. Elle fait ce qu'elle peut pour s'occuper de moi avec un père démissionnaire, elle s'adapte comme elle peut à l'arrivée d'une nouvelle personne dans la maison et moi, tout ce que je trouve à faire, c'est lui crier dessus.

Et pourtant les mots sont sortis tout seul.

Ma mère s'approche, me tapote la main

— Tu as eu une rude journée à l'école, hein ?

— Je ne suis pas à l'*école*, je suis au lycée, je grommelle

— OK. Tu as eu une rude journée au lycée, hein ? reprend-elle sans s'émouvoir.

— Tu n'imagines pas à quel point.

Je me laisse docilement guider jusqu'au salon et m'installe sur un pouf alors que ma mère se laisse tomber sur le canapé. En attendant mon père, elle fera une parfaite interlocutrice. Je jette un coup d'œil vers l'étage, et je baisse la voix. Je me souviens de l'ouïe particulièrement fine de mon nouveau frère.

Ah oui, tiens, j'ai oublié de taper ça dans Google mais il a aussi des sens aiguisés. Un vrai superhéros.

— C'est… c'est Mike, je finis par avouer. Il est de plus en plus bizarre.

Ma mère lève la tête vers l'escalier d'où s'échappent quelques notes de musique électro. Dans ce mouvement, ses yeux apparaissent en pleine lumière et j'ai comme l'impression d'y apercevoir une émotion fugace, vite apparue, vite masquée.

De l'inquiétude ?

— Il est très perturbé. Laisse-lui le temps, répond-elle enfin en plaquant un sourire sur son visage.

— Tu ne me demandes même pas en quoi il est étrange ?

— Si, si. Raconte-moi. Mais je suis sûr que ton père saura mieux répondre à tes questions que moi.

— Par exemple, il pourra me dire pourquoi il m'a menti, et pourquoi Mike n'est pas l'enfant des Guibert ? D'où il vient, exactement ? Tu le sais, toi ?

Je décoche ma flèche sans quitter ma mère des yeux. Cette fois-ci, je n'ai pas rêvé : elle s'est décomposée pendant une seconde. Elle se relève et ouvre le lave-vaisselle, comme pour se donner le temps de réfléchir.

— Qu'est-ce que tu racontes, ma chérie ?

Sa phrase arrive trop tard, avec trop peu de conviction.

Elle *sait.*

Avec un pincement au cœur, je me rends compte que ma mère est dans la confidence. Qui que soit Mike, elle connaît son secret. Comme d'habitude, je suis la seule tenue à l'écart. Et ça me blesse, ça me blesse plus que je n'aurais pu l'imaginer.

Soudain, je n'en ai plus rien à faire que Mike soit un démon ou un mutant. J'en ai juste assez qu'on ne me mette jamais dans la confidence. Lorsque je lui réponds, j'ai la voix tellement froide que je me fais peur.

— Ne me mens pas, toi aussi. Il n'y a aucune trace de lui sur Internet, sauf des pages bidons et des reportages fabriqués. Et, de toute façon, il n'est pas un garçon comme les autres. Je l'ai vu accomplir des exploits impossibles. Alors j'aimerais bien savoir la vérité. Papa la connaît, tu la connais… (Je m'interromps, frappé par une idée subite). Attends une seconde. Je suis sûre que tu n'étais pas au courant non plus au début, pas vrai ? C'est pour ça que tu étais furieuse quand il t'en a parlé. Et ensuite, vous avez discuté dans son bureau et… et depuis tu t'es adaptée à la situation.

— Ton père peut être très persuasif…

— Ne change pas le sujet ! Qui est Mike ? ou même : qu'est Mike ?

Ma mère aurait pu rire, balayer d'un geste mes doutes, m'expliquer que, décidément, il fallait que j'arrête de lire de l'*heroic fantasy* et du *young adult*. Elle aurait pu m'affirmer que Mike était un athlète, voilà tout, ou n'importe quelle autre explication logique qui m'aurait apaisée.

Mais elle se contente de poser sa main sur mon épaule et de baisser encore plus la voix.

— Ne dis pas de telles choses ! En ce qui te concerne – en ce qui nous concerne –, Mike fait partie de la famille.

— Je veux comprendre ! je crie, à bout de patience. Je veux savoir ! Je ne... Il a des pouvoirs magiques, c'est ça ?

— Non ! C'est... Écoute, c'est ridicule. Je ne peux pas te répondre, et d'ailleurs je ne sais pas grand-chose. Tu demanderas à ton père quand il rentrera, voilà tout. Je ne sais même pas ce qu'il a le droit de te dire.

— Le droit ? parce que ce n'est même pas lui qui a décidé tout ça ?

Je fais une pause dans mon interrogatoire pour absorber tout ce que je viens d'apprendre ou de déduire. J'ai eu beau hausser la voix, j'entends toujours la musique qui résonne à l'étage. Pour l'instant, Mike n'est au courant de rien.

— Tu lui demanderas, répète ma mère d'un ton plus ferme. Jeune fille, cette discussion est terminée.

— Hé, ne compte pas te débarrasser de moi comme ça ! Sans compter que Papa n'est toujours pas rentré et, tel que je le connais, il arrivera peut-être à 2 heures du matin. Ou alors il ne dormira même pas ici.

—Je te garantis que si. Il a besoin de travailler ici en ce moment. Il m'a promis qu'il rentrerait. Si jamais il avait un souci, il m'appellerait. Il doit juste être retenu dans les embouteillages.

—Mmh.

Je n'en suis pas aussi convaincue mais je n'ai pas l'occasion de pousser plus loin ma réflexion : la sonnerie aigrelette de la porte d'entrée résonne dans l'appartement.

—Quand on parle du loup, souffle ma mère, visiblement soulagée de ne plus être le centre de l'attention.

Je me précipite vers la porte, un millier de questions se bousculant dans mon esprit. L'attitude de ma mère a confirmé certaines de mes intuitions mais ça ne contribue qu'à multiplier les interrogations.

—Non ! crie une voix derrière moi.

Mike descend les marches quatre à quatre. Enfin non, il ne les descend pas. Il glisse. Il avance tellement vite que sa silhouette semble onduler. Je me retourne vers lui, bouche bée. J'ai la main sur la poignée de la porte.

—Éloigne-toi ! lance Mike de plus belle.

Je n'ai pas le temps de répondre – répondre quoi, d'ailleurs ? – lorsqu'il me rentre dedans et me plaque au sol. Je me retrouve le nez dans la moquette épaisse du salon, et ce n'est pas une expérience très agréable. Je me demande vaguement pourquoi je ne suis pas écrasée comme une crêpe alors qu'il pèse sur moi de tout son poids – puis je me rends compte qu'il se soutient d'une seule main. Encore un tour de force impossible.

Sauf que là, tout de suite, ce ne sont pas les détails techniques qui me dérangent.

— C'est quoi, ton problème ? je rugis en gigotant pour tenter de me libérer.

— Lâche-la tout de suite ! hurle ma mère en se jetant sur Mike pour le tirer en arrière.

Sans succès. Il aurait aussi bien pu être fait de briques.

La sonnerie retentit de nouveau, et Mike se redresse. Il me tend la main ; je l'accepte de mauvaise grâce.

Non mais c'est vrai, c'est quoi son problème ?

— Suivez-moi toutes les deux, ordonne-t-il

— C'est ridicule. Qu'est-ce qui se passe ? s'insurge ma mère. Franck m'avait prévenue, mais je ne pensais pas que tu…

— Les gens à la porte – ce ne sont pas des amis.

— Comment ça ? je demande, déboussolée.

Je me rends compte soudain que je tiens encore la main de Mike dans la mienne, et je m'en débarrasse d'une secousse. Il ne résiste pas – au contraire, il me saisit à bras-le-corps… et me hisse sur son épaule.

— Hé ! je crie, de nouveau ballottée comme un paquet.

— Lâche ma fille, monstre ! ordonne Sophie. Lâche-la tout de suite.

« Monstre » ? Comment ça, « monstre » ?

Il se tourne vers ma mère et, sans plus de cérémonie, d'une seule main, il la jette sur son autre épaule.

— Je suis désolé mais nous sommes en danger.

— Arrête ça tout de suite ! hurle ma mère en martelant le dos de Mike.

— Nous…

Il n'a pas le temps de continuer sa phrase. Dans une sourde explosion, la porte jaillit de ses gonds.

Elle n'est pas aussi solide que celle du bureau de mon père mais ça reste une belle porte d'immeuble avec trois points d'attache, comme le demande l'assurance. Pourtant, elle n'a pas résisté une seconde. Le lourd vantail part s'écraser sur la moquette tandis que des éclats de béton volent dans les airs.

Si Mike n'avait pas fait un bond de côté – encore une fois complètement impossible –, le vantail de la porte m'aurait infligé de graves blessures. Même ainsi, je porte avec incrédulité la main à mon avant-bras et écarquille les yeux devant la traînée sanguinolente creusée par un éclat.

Deux hommes et une femme font irruption dans l'appartement. Ils portent des foulards sur le nez, autant pour dissimuler leur visage que pour filtrer la poussière. Dans la confusion du moment, j'ai beaucoup de mal à en être sûre mais il me semble bien que la femme est celle qui nous a abordés en pleine rue hier, celle avec ses sacs de course et son bus à prendre.

— Viens avec nous gentiment, et tout se passera bien, ronronne la femme.

— Vous savez bien que je ne peux pas, répond Mike en haussant les épaules.

— Je me doutais que tu dirais ça. Tant pis, nous allons utiliser la manière forte. Attrapez-le !

Si je pouvais prendre une seconde pour réfléchir, je suis sûre que je trouverais cette conversation très intéressante et riche d'enseignements. Mais là, non, vraiment pas.

Les deux hommes se ruent en avant et Mike esquive d'une feinte de corps. Il a beau être encombré – pourquoi nous a-t-il mis sur ses épaules ? –, il se déplace avec une grâce inhumaine. Je vois la pièce tourbillonner au rythme de ses mouvements et je commence à avoir le mal de mer. Il ne cherche pas à combattre, se contente de se défendre, et n'esquisse pas le moindre geste agressif. Je sens mes nerfs lâcher.

— Qu'est-ce… que c'est… que ce… bordel ? je hurle entre deux inspirations.

La femme soupire, visiblement aussi lassée que moi de ce ballet ridicule.

— Bon. Tirez-lui dans la jambe.

— Hein ? je crie.

Ma mère ne dit plus rien. Elle a fermé les yeux et répète des prières en boucle.

L'un des hommes sort un revolver de sous son manteau et mon cerveau se fige. Une arme à feu ? Je n'en ai vu que dans des films. Tout d'un coup, les combats contre Maxime et ses amis me semblent bien enfantins. Qu'est-ce que c'est que ce truc, c'est un vrai ? Bien sûr que c'est un vrai. Oh… bon sang je vais mourir, je vais mourir, et où est mon père, et qu'est-ce qui se passe ?

L'homme lève son arme et Mike se jette en arrière. Dans sa précipitation, il trébuche sur la table basse. Le sol se rapproche à toute vitesse et je pousse un glapissement d'horreur.

Le dos de Mike heurte le sol mais il garde les bras tendus, nous protégeant du mieux qu'il peut. Puis il se relève d'un mouvement souple en nous laissant à terre derrière le canapé.

— Vous voulez vraiment qu'il tire ? demande la femme, les bras croisés. Vous ne pourrez pas éviter toutes les balles. Et il risque de manquer sa cible. Ce serait dommage que la gamine se fasse blesser, non ?

Euh… elle parle de moi, là ? Par réflexe, je me recroqueville sur le sol et protège mon visage.

— Désolé, je ne peux pas, s'excuse de nouveau Mike.

Une main apparaît dans mon champ de vision et me soulève comme un fétu de paille alors que j'entends une nouvelle détonation.

De nouveau, je me retrouve contre le torse de Mike. Et j'ai les nerfs qui lâchent.

— Accroche-toi, ça va secouer, grince-t-il entre ses dents serrées.

Plus de trace d'humour dans ses yeux, plus de sourire aguicheur… je ne l'ai jamais vu aussi concentré. L'homme tend de nouveau son revolver. Il prend son temps pour viser. Il joue au chat et à la souris. De toute façon, on n'a nulle part où fuir.

Le canon de l'arme se pointe vers nous…

Et Mike se jette vers la chambre de mes parents. Il ne prend pas le temps de tourner la poignée, de vérifier si c'est ouvert, non, il passe tout simplement au travers. Les gonds pendouillent tristement du béton arraché. Miraculeusement, je ne suis pas touchée par les débris. Dans ma position ridicule, de nouveau hissée sur l'épaule de Mike, j'ai le temps de regarder en arrière. Ma mère est désormais prisonnière d'un des grands types au visage dissimulé.

— Mike ! crie la femme. Si vous persistez à fuir, cette femme souffrira. Je sais que vous ne pouvez pas l'accepter.

Le garçon se fige. Pour la première fois depuis que je le connais, il paraît hésitant. L'homme au revolver s'avance d'un pas tranquille vers le chambranle défoncé, les yeux plissés au-dessus du foulard.

— Maman ! je crie.

Ça a toujours été mon rêve de vivre une vraie aventure, comme dans mes livres. Seulement j'avais toujours le premier rôle, celui de la magicienne, de la guerrière, de l'élue qui défiait les forces du Mal. Là, je me retrouve dans celui de la proie et je trouve ça beaucoup moins drôle. Les larmes me piquent les yeux, peur, colère, souffrance, je ne sais même pas.

— Non, déclare finalement Mike. Si je viens avec vous, vous prendrez Sophie mais aussi Léa en otage. Plutôt une que toutes les deux.

— Attends ! rugit la chef du groupe.

L'homme lève son revolver, et nous n'avons plus aucun endroit où fuir.

Mike se précipite vers la fenêtre de l'immeuble, et j'ai à peine le temps de pousser un cri. La tête en arrière, j'aperçois l'arme qui fait feu et la balle qui heurte le mur juste à côté de nous.

Puis je hurle pour une autre raison : Mike s'est jeté par la fenêtre dans une explosion de verre.

J'ai le temps de sentir la douleur alors que quelques éclats m'égratignent les bras ou le visage, puis les signaux de souffrance disparaissent derrière la terreur pure.

Je tombe dans le vide.

Du quatrième étage.

Chapitre 14

Quatre étages, c'est à la fois peu et beaucoup. Suffisamment pour savoir qu'on ne va probablement pas y survivre, trop peu pour échanger quelques derniers mots significatifs.

Je me serre encore plus fort contre Mike, espérant contre toute attente qu'il utilise un de ses superpouvoirs pour nous sortir de là. Après tout, c'est lui qui a plongé, non ? Il doit avoir un plan.

S'il est un ange, il devrait pouvoir se faire pousser des ailes. Ou un démon, aussi. Ce serait une super idée. Je promets même de ne pas avoir peur, enfin pas tout de suite. J'attendrai d'avoir les pieds sur terre avant de hurler.

L'ennui, c'est qu'aucune aile n'apparaît pour l'instant. En fait, Mike ne réagit même pas à notre chute. Il regarde vers le haut et la fenêtre détruite, les sourcils froncés, comme s'il regrettait son action.

Ah oui, tiens, je regrette aussi ! Je ne sais pas ce que nous voulaient ces intrus mais ça ne pouvait pas être pire que de mourir bêtement en nous écrasant au sol.

Le vent de la chute me fouette le visage alors que je me débats en vain. Plus que trois secondes avant l'impact !

Deux.

Une.

Mike se contorsionne et se retrouve dessous au moment où nous heurtons le sol. Il touche le rebord du trottoir dans un bruit sourd tandis que ses bras amortissent ma chute avec la souplesse de ressorts.

Malgré cela, le choc est tellement brutal que j'en reste le souffle coupé pendant quelques secondes. Étalée sur Mike, incapable d'articuler le moindre mot, je sens la bile me remonter dans la gorge.

Je suis en vie.

Je ne sais pas comment, mais je suis en vie.

— Mike, je balbutie finalement.

Je me redresse avec peine sur un coude. Il est allongé de tout son long sur la chaussée. Le macadam est fendillé à l'endroit où il a touché le sol. À cette heure, l'impasse est déserte – dans mon état, j'ai du mal à déterminer si c'est une bonne chose ou non.

Et Mike ne bouge pas.

— Hé ! je crie en le secouant.

Il ne bouge toujours pas. Et, surtout, je ne parviens pas à le soulever. D'un pouce. Même son bras refuse de remuer lorsque je tente de le soulever.

Normalement, je me serais posé des questions, mais je n'en suis plus à ça près et, surtout, je n'ai pas le temps. Il y a des hommes armés de revolvers qui nous veulent du mal !

— Rattrapez-les, bon sang ! hurle la femme à la fenêtre.

Soudain, je me souviens que ma mère est encore prisonnière là-haut. Dans un effort suprême, je me redresse. Je suis encore choquée, je vais avoir des bleus partout, j'ai le coude gauche râpé et des éclats de verre m'ont éraflé le visage, mais je n'ai rien de cassé.

C'est inexplicable.

Mike a amorti ma chute d'une manière impossible, même sans ailes. Et maintenant, il est…

Mort ? La pensée me frappe subitement et me laisse la gorge sèche. Je m'écarte d'un pas, deux pas. Je prends appui sur le mur de l'immeuble pour ne pas tomber. Qu'est-ce que je peux faire ? Appeler la police ? Qui sont ces gens à nos trousses ? Que nous veulent-ils ? Que va devenir ma mère ? Où est mon père ? Qui est Mike ?

J'ai l'impression de sombrer dans la folie. Il y a quelques jours, tout était si calme et ma seule préoccupation consistait à ne pas me faire interroger en cours de maths.

Je sors mon portable d'une main décidée. Mon père. Oui, mon père saura quoi faire dans une telle situation. Il est toujours si calme, si rassurant, si posé. Et surtout, il a les réponses aux questions qui me hantent. Il connaît la vraie identité de Mike, lui. Il pourrait…

Mais le téléphone est en miettes après la chute. Mike m'a protégée, moi, mais il n'a pas prêté attention aux objets dans la poche de ma veste. Je regarde les composants qui dégorgent de la coque brisée, et un frisson me parcourt des pieds à la tête. C'est dans cet état que j'aurais dû être.

— Il faut fuir.

Je sursaute en entendant cette voix familière et me retourne, le cœur battant. Mike est de nouveau debout ; il se masse la nuque d'une main impatiente. Des morceaux de bitume sont incrustés dans sa peau comme des dizaines de piercings étranges, pourtant il ne semble même pas les remarquer.

Cette fois, il n'y a plus aucun doute. Je veux bien être cartésienne mais *aucun* humain n'aurait survécu à cette chute aussi facilement. Je m'adosse au mur, prise de vertige.

— Qui… *Qu'est-ce que tu es ?*

Malgré la situation, il parvient à remettre son sourire ironique en place. Il essuie son pantalon poussiéreux d'un revers de bras puis me tend une main sale.

— Nous en parlerons plus tard. Ces personnes nous veulent du mal. Je ne peux pas tomber dans leurs mains. Toi non plus.

— Et ma mère ? je hurle. Et ma mère, espèce de salaud ! Tu l'as abandonnée ! Elle est leur prisonnière à cause de toi !

— J'ai eu un choix à faire, explique Mike sans se troubler. Ton père considérait que tu étais une priorité plus importante que sa femme.

Comment ça… que… quoi ?

— Comment ça… que… quoi ? je balbutie.

— Comme je te disais, nous en parlerons plus tard. Tu me fais confiance ?

— Non.

— Tu as raison. Parfait. Suis-moi. Ou tu préfères que je te porte ?

Je lui lance un regard incrédule. En dehors des coupures et du goudron qui parsèment sa peau, il ne paraît pas blessé le moins du monde. Il avance d'un pas vers moi ; incapable de réfléchir clairement, je me retrouve à hocher bêtement la tête.

— Je t'accompagne. Juste… ne me porte pas, d'accord ? Ne me touche pas !

— D'accord. Mais il faudra courir. Tu t'en sens capable ?

Sans attendre de réponse, il part au petit trot vers la sortie de l'impasse. Incapable de songer à une autre solution, je lui emboîte le pas. J'ai beau être choquée, mes jambes fonctionnent.

Nous nous engageons dans l'avenue et les lumières du boulevard viennent baigner nos visages. Derrière nous, des cris de rage résonnent lorsque les hommes sortent dans la rue. Mike leur jette un regard et augmente lentement le rythme de sa course.

Je le suis aussi longtemps que je peux. Je n'ai jamais été sportive, mais je continue alors même que je ne devrais plus pouvoir, que le sang bat à mes tempes, que mes poumons me brûlent. L'adrénaline me pousse en avant, m'interdit de m'arrêter pour quelque raison que ce soit. Si je m'arrête, nos poursuivants finiront par me rattraper. Ou Mike me ramassera comme un vieux sac de pommes de terre, et je ne sais pas ce qui est pire. Je ne veux plus qu'il… que cette créature me touche.

J'ai survécu à une chute de quatre étages, ce n'est pas pour baisser les bras maintenant.

Pourtant, Mike finit par ralentir, puis s'arrêter. Son regard soucieux explore les allées derrière nous.

— Tu es à bout de souffle, remarque-t-il.

Super perspicace, le démon. Je lève une main pour lui demander d'attendre et aspire deux goulées d'air.

— Ça… va… aller, j'ahane enfin en m'adossant à un réverbère.

Je vois des explosions de lumière lorsque je ferme les yeux, ça ne me semble pas un très bon signe. Mike se penche sur moi.

— Je comprends que tu n'aimes pas mon contact et que tu veuilles des explications, mais ces hommes sont toujours à nos trousses. S'il te plaît, accroche-toi une dernière fois à mon dos.

— Non !

— Je te promets que ça ne durera pas longtemps. C'est ça ou tu vas te faire capturer.

Comme pour lui donner raison, les hommes apparaissent sous la lumière d'un réverbère. Ils ont beau être épuisés, ils n'ont pas abandonné. Et, bien sûr, celui de tête porte un revolver.

— Là ! crie le premier.

Même ainsi, j'aimerais courir seule, j'aimerais que Mike se tienne le plus loin possible de moi, j'aimerais compter sur mes propres forces. Mais je n'arrive même pas à mettre un pied devant l'autre.

— OK, je capitule. OK, tu peux me porter.

— Merci.

Mike m'adresse un sourire doux, tellement doux qu'il paraît incongru vu la situation. Que croit-il, qu'on est en train de discuter tranquillement au coin du feu ? Il se baisse pour que je puisse monter sur son dos et je me cramponne à lui avec mes dernières forces.

— Tu es bien calée ?

— Oui, je... Hééééé !

Mike vient de partir en courant.

Enfin, quand je dis « en courant »...

Maintenant qu'il n'a plus besoin de m'attendre ni de cacher ses capacités, il bouge à une vitesse stupéfiante. Plusieurs passants se retournent pour nous observer ; j'aperçois du coin de l'œil un garçon en scooter qui fouille dans ses poches pour prendre son portable et filmer la scène. Il porte des gants et, le temps qu'il parvienne à les enlever, nous avons déjà disparu.

Mike prend un tournant, puis un autre, avant de s'engouffrer dans un centre commercial.

— Qu'est-ce que tu fais ? je glapis. Tu crois que c'est le moment ?

— Il y a une sortie de l'autre côté.

— Comment tu sais ça ?

— J'ai appris par cœur le plan du quartier, tu te souviens ?

— Je me souviens surtout que t'es un grand malade !

Mike sourit – bien sûr – sans répondre – bien sûr – et continue d'avancer jusqu'à ce que nous nous retrouvions de nouveau dans l'air glacé de l'hiver. Il reprend sa course et le vent me fouette le visage. Je ne peux empêcher mes dents de s'entrechoquer. Aussitôt, il fronce les sourcils et s'arrête à l'intersection de deux rues.

Il me pose doucement sur le sol puis ôte son pull.

— Mets-le.

— Mais, et toi ? je proteste mollement.

— J'ai survécu à une chute de quatre étages, tu penses vraiment que j'ai besoin d'un pull ?

Je hoche la tête comme si c'était logique – d'ailleurs, ça l'est – et j'enfile le vêtement avec gratitude. Il est trop grand pour moi mais la sensation de chaleur est indescriptible.

Je ne sais pas qui est ce Mike, un ange ou un démon, mais il a l'air de se soucier de moi et c'est déjà un bon début.

— Maintenant que tu as moins froid, on peut repartir, décide le garçon. Hop, en selle.

Avec la chaleur, mon cerveau se reconnecte lentement.

— On pourrait peut-être prévenir la police, non ?

— On pourrait, admet Mike. Et pour leur dire quoi ? Que ta mère a été enlevée par des individus masqués et que tu t'en es sortie en sautant par la fenêtre du quatrième étage – mais que tu vas bien, merci ?

Dit comme ça, c'est en effet ridicule. Pourtant, je me refuse à rester passive alors que ma mère est en danger.

— Elle va bien, me rassure Mike en essuyant doucement ma joue. Vraiment. Ces gens ont beaucoup de défauts, mais ce ne sont pas des assassins. Pas si on ne les provoque pas.

— Ils nous ont quand même tiré dessus !

— Sur moi, corrige-t-il. C'est différent.

— Ah, oui. Parce que tu es un… un putain de mutant !

Mike ne répond pas, ne nie pas, se contente de me regarder.

Je n'ai pas envie de me donner en spectacle en pleine rue et, malgré ce qui vient de m'arriver, mes yeux restent secs. Pourtant ça devient trop à assimiler. Tout ce que je retiens, c'est que ma mère est prisonnière, mon père me cache des choses et Mike vient d'une autre planète.

— Allez, en selle princesse, il faut continuer à fuir, lance ce dernier.

Je prends ma décision en un instant. J'avance comme pour monter de nouveau sur son dos et il se baisse complaisamment – puis je change d'appui et me mets à courir dans la direction opposée.

— Hé ! crie Mike.

Je t'en donnerais, des « hé ! » Comment peut-il imaginer une seconde que je vais lui faire confiance après tout ce qui vient de se passer ? Je vais trouver une solution, appeler mes vrais amis, Mounia ou Arthur. Ensemble, nous pourrons…

Nous pourrons…

Nous pourrons…

Je lutte pour trouver ce que nous pourrions bien faire dans cette situation. Arthur et Mounia sont parfaits pour aller au cinéma, discuter des profs, des dernières lectures, de nos peines et de nos espoirs. Mais ni l'un ni l'autre ne serait capable de m'aider à retrouver mes parents.

Ce sentiment d'impuissance est accablant. L'adrénaline qui me maintenait debout se dissipe en même temps que mes espoirs. Je cours encore quelques secondes puis mon point de côté se réveille, et je me plie en deux, et je reprends mon souffle, et je crache mes poumons, et les larmes jaillissent enfin, et elles sont salées, salées comme la blanquette par laquelle tout a commencé, et c'est ridicule de penser ça, et je pleure encore plus fort.

— Tout va bien ? demande un homme en costume cravate en s'approchant, l'air inquiet.

Je relève la tête et l'observe avec méfiance à travers mes pleurs. Déjà, Mike s'est matérialisé à côté de moi.

— Oui, elle va bien. Juste un moment, difficile, pas vrai Léa ? (Il se tourne vers l'homme). C'est ma sœur. Elle est épuisée.

— Mademoiselle, tout va bien ? insiste l'inconnu sans se laisser impressionner.

Je m'éclaircis la gorge et prends une grande inspiration. Je pourrais tout lui raconter, lui demander de me sauver. Je pourrais accuser Mike d'agression ou de tentative de viol et les passants me croiraient, ils me protégeraient.

Je peux faire tout ça. C'est moi qui contrôle la situation.

Alors j'essuie mes larmes d'un revers de main rageur.

— Oui, tout va bien. Je suis désolée, un moment de faiblesse.

L'homme me contemple encore quelques secondes puis hoche finalement la tête et reprend le cours de sa vie. Mike le suit du regard avant de tourner son attention vers moi.

— Tu as besoin de temps ? demande-t-il, l'air compatissant.

— Ah, merde, pourquoi est-ce que tu ne m'engueules pas ? j'éclate soudain.

— Quoi ?

— Je viens de m'enfuir ! Je t'avais dit que je te suivrais et j'ai essayé de te fausser compagnie ! Si on est vraiment suivis, je t'ai mis en danger, je *nous* ai mis en danger ! Et toi, tu t'en moques, tu continues à te montrer gentil, comme si je n'étais pas une fille paumée qui fait n'importe quoi. Tu pourrais au moins te montrer déçu.

— Ça servirait à quelque chose ?

— Non, pas vraiment, mais bon…

— Eh bien voilà. La gentillesse, il n'y a que ça de vrai.

Il me dédie un sourire lumineux et, avant d'avoir pu résister, je le lui rends. C'est tellement ridicule, cette situation, tellement improbable. J'en ai assez de ne rien comprendre.

— D'accord, je te suis. Mais la confiance, c'est dans les deux sens. Alors dis-moi où tu veux m'emmener.

Mike hésite.

— Je ne sais pas si je dois te le dire.

— Mike…

Il finit par hausser les épaules.

— On va chez ton père.

Hein ?

Je le regarde, trop surprise pour reculer.

— Mon père ?

— Oui.

— Mais on en sort, de chez mon père.

— Pas exactement *chez* lui, soupire Mike en voyant mon expression. C'est plutôt, je ne sais pas, une planque si tu préfères. Ou un bureau. Fais-moi confiance. Il avait prévu cette situation. C'est ce qu'il m'a demandé de faire dans ce cas.

J'ai du mal à assimiler ce qu'il me raconte. Lentement, la colère monte en moi.

— Ah ouais ? Et il t'a aussi demandé d'abandonner ma mère parce qu'elle n'était pas importante ?

— Moins importante que toi, corrige Mike. Ce n'est pas la même chose. Dis, je ne veux pas te presser, mais nous sommes exposés en pleine rue. Si des gens nous recherchent, il vaudrait mieux repartir. Tu voulais que je te fasse confiance et que je te dise où on va, je l'ai fait. Pour les autres réponses, il faudra attendre. Alors, tu me suis ?

— C'est loin ?

— À la vitesse où je vais, une quinzaine de minutes.

Mon père va passer un mauvais quart d'heure quand je lui mettrai la main dessus. En attendant, faute d'options, je finis par hocher la tête.

— Très bien, allons chez lui.

Je remonte sur le dos de Mike, qui reprend sa course. Malgré son pull, je sens le froid m'engourdir. L'air se charge de promesses de neige. De la neige à Paris, c'est toujours un moment magique. Et là, je m'en moque complètement. Je me demande si je ne somnole pas à un moment.

Quinze minutes, c'est long quand on ne fait rien d'autre qu'être ballottée. Ça me laisse le temps de réfléchir à la vraie nature de Mike. Qu'est-ce qui serait le pire ? Un vampire qui voudrait boire mon sang ? un démon ? ou peut-être est-il mon ange gardien ? En tout cas il se comporte comme tel – pour l'instant.

J'ai l'impression d'être une héroïne de roman pour adolescents, j'espère que je ne suis pas aussi cruche…

Enfin, enfin, nous arrivons devant un large immeuble au cœur de Paris. J'ai abandonné l'idée de lire les plaques de rue à la vitesse où nous avançons, mais nous sommes quelque part dans le dix-huitième arrondissement. Mike compose un code – de mémoire, bien sûr – et nous rentrons dans le hall. La chaleur du chauffage me fait frissonner d'aise.

Il n'y a pas d'ascenseur et nous prenons un large escalier de bois. Les tomettes au sol ont connu des jours meilleurs. C'est donc là que mon père… se cache ? mène une double vie ?

Et s'il avait une maîtresse ? Je me rends soudain compte que je ne connais rien de lui. Il est toujours absent, voilà sa principale caractéristique.

Avant que j'aie pu me préparer, Mike sonne à la troisième porte du palier. Je refais hâtivement ma natte décoiffée par la course. C'est ridicule, je sais, mais je me sens nerveuse.

Personne ne vient nous ouvrir.

— Et s'il lui est arrivé malheur ? je demande à mi-voix.

—Alors je ne sais pas, admet Mike. Je n'ai pas de plan de secours.

—Mais si c'était le cas ? j'insiste.

—Alors je suppose que je te laisserais l'initiative, et que je t'aiderais dans la mesure de mes moyens. Mais nous n'en sommes pas encore là.

Comment ça ? Je fronce les sourcils, ouvre la bouche pour poser une question évidente – puis je m'interromps.

La porte s'ouvre.

Chapitre 15

J'ai toujours trouvé mon père plutôt bel homme. Il porte bien ses quarante-huit ans avec ses cheveux poivre et sel et sa barbe encore noire.

Mais lorsqu'il nous ouvre, j'ai du mal à le reconnaître. Il a tellement changé en une seule journée ! Les cernes que j'avais déjà remarqués hier se sont accentués, et des rides d'inquiétude creusent son front. Il n'a pas pris la peine de tailler sa barbe ou de se peigner. Le dernier bouton de sa chemise n'est pas fermé et sa cravate pend de travers.

— Mike ? Léa ? s'écrie-t-il.

Sympa, il me mentionne en deuxième. Bon, pour être honnête j'étais à moitié cachée dans le couloir, mais quand même.

Il plonge sa main dans sa poche et en retire un couteau suisse dont il déplie la lame avec une habileté consommée. Il glisse sa tête dans l'embrasure de la porte, regarde à droite puis à gauche avant de nous faire signe d'entrer.

— Tu me rends nerveuse avec ton couteau, je souffle.

Et voilà, j'avais préparé tellement de premières phrases pour le moment où je le reverrais, des phrases qui sonnaient comme des répliques du Cid, « *ô rage, ô désespoir, pourquoi m'as-tu menti ?* », mais tout ce que je trouve à dire, c'est « tu me rends nerveuse avec ton couteau ».

En plus, je ne sais pas ce qu'il espère faire avec. Si on était suivis, ce ne serait pas cette lame de quelques centimètres qui servirait à grand-chose contre les revolvers…

— Oh, ça ? Un réflexe, un simple réflexe.

Mon père a un sourire d'excuse et replie son arme avant de s'écarter. J'hésite un instant sur le pas de la porte. Jusqu'ici, je ne savais pas si je devais croire Mike, mais j'en ai la preuve devant les yeux. Mon père a bien une garçonnière.

Je serre les poings et je passe la porte.

Si j'avais été surprise par le bureau de mon père, je le suis encore plus par cet appartement. Les ordinateurs qui formaient de beaux alignements chez nous traînent ici dans tous les coins et recoins du salon. Plusieurs tours gisent dans un coin, éventrées, tandis que des composants informatiques prennent la poussière sur un établi. Des caméras de surveillance diffusent en direct des images du couloir. Ce qui ressemble suspicieusement à une antenne télévision repose contre la fenêtre opposée, à côté d'une parabole dirigée vers le ciel.

Une *parabole* ?

Une boîte à outils dégorge des tournevis et des clés anglaises sur un canapé au rembourrage fatigué. Contre le mur, un écran géant affiche des lignes de code incompréhensibles. Des cartons de pizza abandonnés me prouvent qu'au moins, mon père n'a pas menti sur ses compétences culinaires… malgré la blanquette.

— Qu'est-ce que c'est que… que ces trucs ? je termine maladroitement.

Il ne me prête aucune attention. Il ferme les trois verrous qui ornent sa porte puis recule la parabole et ferme le store de la fenêtre. Enfin, il se laisse tomber dans le canapé, la tête dans les mains.

— Tu vas bien ? je demande, inquiète.

Oui, je ne peux pas m'empêcher de m'inquiéter. Je suis trop gentille, vraiment.

— Pas vraiment, admet-il. Si vous êtes ici, c'est que Mike a suivi le plan d'urgence. Et cela veut dire…

— Ils ont pénétré dans l'appartement, confirme mon voisin. Votre femme a été capturée.

Il se reprend la tête entre les mains.

— Et merde.

— Oui, « et merde », exactement ce que j'aurais dit, j'explose. Qu'est-ce qui va arriver à Maman ? Et c'est quoi ce bordel ? Tu n'as pas arrêté de me mentir et j'aimerais des réponses, maintenant !

— Léa, surveille ton langage, proteste mon père.

— Quoi, soudain ce n'est plus « Pupuce » ? je crache. Désolée pour mon vocabulaire mais tu ne mérites pas mieux. Maman a été enlevée. Enlevée ! Et toi, tu te terres dans… dans cette garçonnière où tu fais je ne sais quoi.

— Tu as fini ? demande-t-il froidement.

— Non ! Non, je ne fais que commencer. Qui sont ces gens ? Qu'est-ce qu'ils nous veulent ? Qu'est-ce que c'est que toutes ces histoires ?

— Ce qui est important pour l'instant, c'est que tu es en sécurité.

Je renifle.

— En sécurité ? Tu crois que tu vas nous protéger avec un couteau suisse ?

— La porte est blindée et résisterait à plusieurs charges explosives. Et, surtout, cet endroit n'est pas mon appartement officiel. Les transactions ont été effectuées par divers hommes de paille, le bail n'est pas à mon nom et rien ne m'y relie. De la même manière, les rues pour y accéder ne sont pas encore couvertes par la vidéo-surveillance, y compris celle de sociétés comme des agences bancaires. Si vous n'avez pas été suivis, personne ne nous trouvera ici. (Il baisse soudain la voix). Vous n'avez pas été suivis, n'est-ce pas ?

Mike est en train d'examiner les lignes de code d'un air concentré. Il ne se détourne pas, se contente de lâcher un « non » péremptoire. À ma grande surprise, mon père semble prendre sa réponse pour argent comptant.

— Très bien, Léa. Je suis désolé mais je vais devoir te demander ton portable. C'est la dernière possibilité qu'il leur reste pour nous traquer.

— Mais qui « leur » ? Et qui « nous » ? Tu ne m'as toujours pas répondu, et d'ailleurs…

Je me tourne soudain vers Mike.

— Et lui, c'est qui exactement ? Je sais déjà que ce n'est pas le fils de tes amis. Et ne me dis pas que c'est un humain, je ne te croirais pas.

— Ah ? intervient vivement mon père. Et pourquoi ?

— Comment ça, pourquoi ?

— Pourquoi tu ne me croirais pas ?

Il s'est penché en avant, les yeux brillants. Son expression fascinée me donne envie de vomir. Ma mère s'est fait enlever, nous avons des tueurs aux trousses, et il continue à jouer avec moi ! Eh bien, il ne sera pas déçu du voyage.

— Pourquoi je ne te croirais pas, tu veux dire, en dehors de tes autres mensonges ? Très bien. Voyons voir. Parce qu'il se déplace plus vite que n'importe qui, qu'il est plus fort que n'importe qui, qu'il n'est jamais essoufflé… Ah ! oui, et parce qu'il a survécu à une chute de quatre étages sans la moindre égratignure. Je continue ou ça te suffit ?

Mon père hoche lentement la tête. Il arbore toujours son air grave de circonstance mais il ne semble pas surpris. Pire, il a l'air… soulagé ? En quoi ce que je viens de dire l'aurait soulagé ?

— Ouf! murmure-t-il même.

— Je vois que ça ne te choque pas, je grince. En attendant, j'aimerais bien comprendre. Puisque tu nous dis qu'on est en sécurité, alors on peut parler. Tu es quoi, Mike ? Tu es quoi, putain ? Un démon ? un extra-terrestre ? C'est pour ça que vous avez tout ce matériel ultra-moderne dans le salon ? Pour contacter d'autres planètes ?

— Pupuce, soupire mon père.

— Alors ça y est, on en revient à « Pupuce » ? Ne me dis pas que je me conduis comme une folle ! C'est pas moi, la folle ! Ce sont les événements qui n'ont plus aucun sens ! La magie, ça n'existe pas, sauf dans les livres ! Ça ne peut pas exister !

De nouveau, les larmes jaillissent. Cette fois, je les réprime furieusement. Ça n'empêche pas mon père d'ouvrir un tiroir et de repousser deux câbles USB pour sortir un paquet de mouchoirs. Il me le tend sans un mot et attend que je me sois tamponné les yeux avant de me prendre le bras.

— Pupu… Léa. Regarde-moi. Regarde-moi.

Contre ma volonté, je plonge mes yeux dans les siens. Je sens ma lèvre inférieure trembler. C'est ça le pire, en fait. Après tout ce qu'il m'a caché, après tout ce qu'il a fait, c'est mon père, je l'aime et j'ai désespérément besoin qu'il me rassure.

— Tu n'es pas folle, reprend mon père en détachant chaque mot. D'accord ? Ce que tu as vu s'est bel et bien passé.

— Alors…

— La magie n'existe pas. Pas plus que les démons, les anges ou les vampires. Je savais que tes lectures allaient te polluer l'esprit. Il suffit de regarder les couvertures…

— Ce ne sont pas… ce n'est pas le sujet. Si la magie n'existe pas, alors c'est un extraterrestre ? C'est ça que tu veux dire ? Et il fait semblant d'avoir une apparence humaine ? En vrai, il a trois têtes et des tentacules ?

— Tu as décidément une imagination débordante, soupire mon père. Rien de tout ça, rassure-toi. Revenons à ce que je te demandais tout à l'heure. Tu veux bien me donner ton portable ? Je te promets que je répondrai à ta question après.

J'hésite un instant puis je lui tends mon portable.

— Il est cassé, de toute façon. Il n'a pas survécu à notre chute de quatre étages. Mais moi je vais bien, hein, merci d'avoir demandé.

Mon père ne relève pas et démonte le téléphone en quelques gestes précis. Il enlève la batterie puis jette la carcasse dans un coin comme s'il s'agissait d'un vulgaire déchet.

— Hé, tu sais combien il coûte ! je proteste, avant de m'interrompre.

Bien sûr qu'il le sait, puisque c'est lui qui me l'a offert pour Noël.

— Mike, et si tu répondais à la question de Léa ? suggère mon père. Après tout, tu es le mieux placé.

Toujours adossé au mur, le garçon fronce les sourcils.

— C'est vraiment ce que vous voulez ? Vous m'avez demandé de n'en parler à personne.

— Nous sommes en procédure de survie. Le projet est officiellement en pause tant que la situation n'est pas sous contrôle. Oui, tu peux lui dire.

— D'accord, murmure Mike.

Il se tourne vers moi et me regarde droit dans les yeux. Il n'y a plus la moindre lueur d'amusement dans son regard. Si je ne le connaissais pas aussi bien, je jurerais y voir… de l'inquiétude ?

De l'inquiétude chez un garçon capable de survivre à une chute de quatre étages ?

— Mike, qu'est-ce que tu attends ? s'impatiente mon père. Je t'ai donné un ordre.

— Je…

Il se racle la gorge, puis finit par baisser les yeux.

— Je suis un androïde.

Je m'attendais à de nombreuses révélations, j'avais échafaudé plusieurs scénarios, mais celui-là n'en faisait pas partie.

— Quoi ? je glapis.

Puis, plus fort :

— Quoi ? Qu'est-ce que c'est que ces conneries ?

— Ce ne sont pas des « conneries », comme tu dis, corrige mon père. J'ai travaillé longtemps sur ce prototype.

Je regarde de nouveau Mike, incapable de croire ce que j'entends. Il a l'air si réel !

Je n'ai pas rêvé, je me suis retrouvée dans ses bras, j'ai senti son cœur qui battait, sa peau chaude contre la mienne, son souffle dans ma nuque. Je n'ai pas pu inventer tous ces détails !

— Mais la peau…

— De la matière synthétique réchauffée en permanence pour refléter une température de 37,2 °C, modérée par les conditions extérieures.

— Le cœur…

— Rien de plus facile que d'imiter des battements réguliers et continus. Je suis sûr que tu en aurais été capable au collège en cours de technologie.

— Et les émotions ? je demande en désespoir de cause.

J'ai posé la bonne question. Mon père s'illumine comme s'il était un professeur devant une élève particulièrement brillante. Comme M. Farell devant Mike, quoi. Je comprends mieux comment il était si doué en mathématiques.

Mon père écarte les bras pour englober l'intégralité du matériel qui se trouve dans la pièce.

— Les émotions. Ha ! Parfait ! Léa, est-ce que tu as déjà entendu parler du test de Turing ?

Je pensais que le choc m'avait anesthésiée, pourtant je sens la colère monter en moi devant les yeux pétillants de mon père.

Je me moque complètement de cette histoire de Tuning, Turing ou je ne sais quoi. Je me rends surtout compte qu'on m'a menti, menti depuis le début, comme si j'étais trop stupide pour comprendre la vérité. Un nouveau frère qui vient d'Australie, ben voyons. Et j'ai été assez bête pour le croire. Ils n'ont même pas cherché à inventer une histoire plus plausible. Ils doivent me prendre pour une abrutie.

J'aimerais douter de ce que dit mon père mais c'est la seule explication logique – enfin, la seule explication rationnelle. Bien sûr, il n'y a pas de loups-garous et de vampires dans le monde moderne. Bien sûr, la magie n'existe pas. Bien sûr, les extraterrestres n'envahissent pas la Terre.

Oui, je me sens trahie… et, pourtant, c'est le cadet de mes problèmes.

— Je m'en fous, de ton test de Turing ! Regarde-toi, tu as l'air presque content de pouvoir m'expliquer ce sur quoi tu travailles. Tu as déjà oublié que Maman a été enlevée ?

— On ne peut rien faire maintenant, explique-t-il patiemment. Mais rassure-toi, leurs ravisseurs vont me contacter.

— Comment en es-tu si sûr ?

— Parce que je le sais. Et toi aussi, tu comprendras, si tu veux seulement m'écouter à mon rythme. Oublie ta mère une seconde, elle va très bien.

Oublier ma mère. Comme si je le pouvais. Pourtant, il a l'air tellement sûr de lui…

Et c'est vrai que je veux découvrir la vérité. Je m'écarte de Mike pour m'adosser au mur opposé. Sa présence m'est soudain insupportable.

— C'était qui, ces gens ? je demande d'une voix plus calme.

— Mes anciens employeurs, soupire mon père. Je travaillais pour eux jusqu'à il y a cinq ans, lorsque j'ai décidé de démissionner. Je n'étais pas d'accord avec les orientations qu'ils donnaient à leur projet.

— Tes… anciens employeurs ? Et ça ne te surprend pas qu'ils kidnappent Maman ?

— Non. Nous espérions qu'ils ne seraient pas au courant de notre expérimentation, mais une fois le secret éventé ils allaient forcément intervenir.

— Mais quel secret ? Quelle expérimentation ?

Mon père enroule machinalement un câble USB autour de son bras avant de le reposer dans le capharnaüm environnant. Mike continue à observer la scène de son air amusé. Je n'arrive pas à le croire. Ce sourire au coin des lèvres est *faux ?*

— Alors, ce test de Turing ? redemande mon père quand je peux de nouveau affronter son regard.

J'aurais dû me jeter sur lui pour effacer son sourire à grands coups d'ongles vengeurs. Mais c'est mon père. Et ma colère s'évanouit, remplacée par une détresse sans limite.

À quoi bon ? Ça ne changera rien. Ma mère sera toujours prisonnière.

Et Mike sera toujours un robot.

— Non, je murmure. Non, je ne connais pas ce stupide test. Et je ne vois pas le rapport. Vous êtes complètement cinglés. Mike, je... je te faisais confiance !

— Ça change quelque chose que je sois un androïde ? demande-t-il doucement.

— Comment ça ? Bien sûr que ça change... ça change tout ! Tu m'as menti ! Et je comprends mieux pourquoi tu avais toujours l'air à l'ouest.

— D'où le test de Turing, reprend mon père tranquillement.

Je lève les mains en signe de défaite.

— OK, OK. Je sens que ça te démange, alors vas-y. Explique-moi ce que c'est que ce truc, et pourquoi nous sommes tous en danger à cause de lui.

— Léa..., commence Mike.

— Toi, c'est bon ! Tu crois que je… que… Aaaaah, arrête de me parler ! je gronde.

L'androïde hoche la tête avec obéissance. Il a l'air malheureux, soudain.

Je me mordille la lèvre. C'est ridicule. Un robot ne peut avoir l'air malheureux. Ce n'est qu'un ensemble de câbles et de boulons.

Chapitre 16

— Est-ce que tu sais ce qu'est une intelligence artificielle ? me demande mon père, la voix douce.

— Oui, je ne suis pas stupide. C'est une manière de simuler l'intelligence avec des machines, non ?

— Exactement. Grâce aux ordinateurs et aux progrès de la science, on permet aux machines de devenir de plus en plus efficaces, de plus en plus précises. Bref, de plus en plus intelligentes. On est déjà capables aujourd'hui de créer des robots qui s'adaptent aux conditions climatiques, au terrain, ou même aux événements. Certains sont capables de jouer au foot, d'autres aux échecs. Un robot d'IBM nommé Deep Blue – enfin, Deeper Blue – a même battu le champion du monde d'échecs en 1997. Ça avait fait grand bruit à l'époque.

Je hausse les épaules. Je n'étais même pas née.

— Ce n'est pas fini, continue mon père. Ces derniers mois, le dernier rempart des jeux de stratégie, le go, a fini par céder. On pensait que ce serait impossible et pourtant ça y est, une machine a battu le champion d'Europe de go.

— Et alors ?

— Et alors malgré toutes ces avancées, il y a un test qu'aucune machine n'a encore jamais réussi, c'est le test de Turing.

Avant de continuer, mon père ouvre le petit frigo qui trônait dans un coin du salon et en sort une bière qu'il décapsule à même la table de formica. Je ne savais même pas qu'il buvait de la bière ! En regardant autour de moi, ce frigo, ces cartons de pizza, j'ai l'impression de voir une chambre d'ado.

— Je ne te propose rien, je n'ai que des bières et ta mère me tuerait si je te laissais boire de l'alcool.

— Je n'ai pas soif, je grommelle. J'ai juste envie de revoir Maman – et visiblement je vais devoir écouter tes stupides explications avant.

Loin de se vexer, mon père me lance un sourire amusé avant d'avaler une gorgée au goulot. Il s'essuie la bouche d'un revers de main puis se laisse tomber sur le vieux canapé, déstabilisant dangereusement la trousse à outils. Je ne l'ai jamais vu aussi détendu. Comme s'il pouvait enfin donner libre cours à sa vraie nature, ici, loin des regards de sa famille.

— Où en étais-je ? Ah oui, le test de Turing. Il a été inventé en 1950 par Alan Turing pour tester le niveau de conversation d'un ordinateur. Son expérience prévoyait de faire discuter des volontaires avec deux interlocuteurs cachés. Le premier était un homme, le second un ordinateur cherchant à se faire passer pour humain. Si les volontaires étaient capables de découvrir qui était l'ordinateur, alors le test avait échoué. En gros, Léa, réussir le test de Turing, ça veut dire être capable d'imiter si bien un être humain que personne ne fera la différence.

— Et ? je demande en croisant les bras.

— Et, comme je te l'ai dit, personne n'y est parvenu jusqu'à maintenant. Il y a trop de variables à prendre en compte. Une machine ne pense pas, ne réfléchit pas. Tout n'est qu'une suite de 0 et de 1. On peut *prévoir* des réponses, on peut *anticiper* des questions, mais on ne peut empêcher un côté maladroit, automatique ou mécanique. Regarde, un bon exemple d'intelligence artificielle, c'est Siri, le logiciel d'Apple que tu avais sur ton iPhone. Il est très efficace, pourtant tu ne le prendrais pas pour un humain, pas vrai ?

Je ne peux m'empêcher de hocher la tête. Mon père a une voix profonde, captivante. Je le savais déjà mais c'est encore plus frappant maintenant qu'il parle de son sujet favori. Je me demande à quoi il ressemblait quand Maman l'a rencontré.

— Et ? je répète, d'une voix moins agressive.

— Et ça faisait longtemps que je travaillais sur ce problème, chez mon ancien employeur. La plupart des sociétés qui développent des intelligences artificielles se moquent du test de Turing. Ils veulent simplement des robots efficaces, capables de marcher sur un terrain difficile pour le déminer, par exemple. S'il est capable de dire quelques mots, c'est mieux, mais il n'a pas besoin de ressembler à un humain ni de parler comme lui. Du coup, nous avons peu de concurrents et nos recherches devaient être menées dans le plus grand secret.

— Le plus grand secret ? Pourquoi ?

— Parce que les gens n'aiment pas imaginer qu'un androïde puisse se trouver parmi eux sans qu'ils parviennent à le démasquer. Regarde ta réaction tout à l'heure, elle est symptomatique.

Je jette un œil à Mike qui me contemple d'un air pensif. C'est vrai qu'il a l'air réel. Je n'ai qu'à tendre la main pour toucher sa peau, douce et chaude comme celle d'un humain normal. Et il a l'air sincèrement bouleversé par mon rejet de tout à l'heure. Mais je ne me laisserai pas avoir.

— C'est dingue, je murmure, parce que je ne vois pas trop quoi dire.

Trop d'informations d'un coup. Je suis humaine, moi, et mon cerveau sature.

— Nous avons construit Mike comme un adolescent, et nous lui avons donné un passé difficile – déraciné, parents tués dans un accident de voiture – parce que personne n'oserait creuser trop profondément une telle couverture. Et parce que les adolescents sont déjà bizarres, alors un peu plus un peu moins…

— Merci pour nous, je souffle. Ça fait longtemps que vous travaillez sur ce projet ?

— Depuis que je suis diplômé, répond simplement mon père. C'est l'œuvre de ma vie. Lorsque j'ai quitté mon entreprise, nous avions déjà réalisé plusieurs prototypes en laboratoire. Mike est la première tentative – ma première tentative – de réaliser cette expérience dans la nature. Je voulais savoir si les élèves comprendraient qu'il était différent. Si *tu* comprendrais qu'il était différent.

—Ah, ça... Dès le premier cours, il était grillé. Vous auriez dû lui dire de ne pas lever la main à chaque fois, ça ne se fait pas.

—Oui, c'est une erreur que j'ai commise parce que j'avais oublié les règles du lycée. Cela fait trop longtemps que j'en suis sorti. Mais, même ainsi, vous l'avez trouvé *bizarre.* Pas « impossible ». C'est déjà un grand progrès. Et j'ai reprogrammé Mike dès que tu m'as alerté.

C'est donc pour ça que mon père me demandait si Mike avait fait quelque chose d'étrange dans la journée ; pour ça qu'il s'est enfermé avec lui dans son bureau sans que personne ne puisse entrer. Pas pour avoir une conversation d'homme à homme, mais pour *uploader* de nouvelles informations et faire évoluer l'androïde.

J'ai cru que Mike avait tenu compte de mes conseils, mais non, on lui a simplement lavé le cerveau pour qu'il accepte mes suggestions et s'adapte au fil de l'eau ! J'ai soudain la bouche sèche, et envie de vomir.

—Vous avez agi trop tard, je finis par dire. Après ce premier jour, ce n'était plus rattrapable. Certains élèves lui en voulaient trop et insistaient pour le racketter. Du coup, il a dû se battre.

—Se... Mike, tu t'es battu ? s'écrie mon père, catastrophé.

— Non, j'ai juste esquivé leurs coups, répond le garçon d'un air indifférent.

L'expression de soulagement qui se peint sur le visage de mon père est presque comique.

— Tant mieux, tant mieux.

— Bon, j'ai écouté toutes vos histoires, j'ai compris que Mike est un androïde et que vous voulez gagner le prix Nobel ou je ne sais quoi en réussissant votre test de Tuning…

— Turing.

— … Turing, mais ça ne me dit pas qui sont ces types, où est ma mère ni comment l'aider !

Mon père me regarde avec gravité pendant un instant. Je refuse de détourner les yeux, et c'est lui qui cède le premier. En soupirant, il se relève du canapé et se dirige d'une démarche raide vers l'un des ordinateurs. Je le suis, les bras croisés, l'expression fermée.

Il pianote sur son clavier et des données remplacent les lignes de code sur l'écran.

— Bien. Raconte-moi tout ce dont tu te souviens sur les personnes qui vous ont attaqué.

— Je ne sais pas. Il… il y avait une femme, assez grande, c'est elle qui donnait les ordres. Et deux hommes avec des foulards sur le nez. Je n'ai pas vu leur visage. Ils étaient grands eux aussi, et costauds.

— Rien d'autre ?

— Non, je marmonne en tentant de me souvenir. Elle… la femme… disait qu'elle voulait récupérer Mike, mais il a refusé de les suivre. Du coup, elle s'en est pris à nous. Et… ah oui, ils avaient des revolvers. Une balle est passée à dix centimètres de mon oreille, je n'ai jamais eu aussi peur de ma vie.

Je viens de raconter qu'on m'a tiré dessus, et tout ce que mon père trouve à dire, c'est :

— Je vois. Mike, tu veux bien venir ?

Je sais depuis longtemps qu'il n'a pas beaucoup d'empathie, mais quand même…

Quand Mike s'approche et relève son t-shirt, j'oublie complètement que je suis en colère.

Il n'en donne pas l'impression avec ses vêtements mais il est taillé comme un dieu grec ! Il a les abdos saillants, parfaitement dessinés, les hanches en V descendant jusqu'à son bas-ventre. Un léger duvet recouvre sa peau. Il semble tout droit sorti d'un de ces livres que je lis en cachette…

Et ce n'est pas étonnant, puisque ses créateurs l'ont fabriqué avec des formules mathématiques. Il est parfaitement proportionné, mais tout est artificiel. Cette peau, ce n'est que du synthétique. Ces abdos, simplement un effet de style. Et ces poils… d'où ils sortent, d'ailleurs ? Je secoue la tête, je n'ai aucune envie de me poser la question.

Et puis je cesse complètement de penser aux poils et aux muscles car Mike vient de pincer avec délicatesse la peau près de son nombril, révélant une fente presque imperceptible.

— Oh merde. Mike, tu as un port USB ?

— Tu sais désormais que je suis un androïde. Ça t'étonne ?

— Non, mais…

Mais ça rend tout cela tellement plus réel. Jusqu'ici, malgré tout ce que j'ai découvert sur lui, je pouvais encore croire à une vaste blague. Mais là, tout en conservant son drôle de sourire aux lèvres, il enfonce le câble dans son ventre et ça semble sacrément vrai.

L'ordinateur clignote et détecte le nouveau périphérique. Périphérique ! Comme si j'avais branché un téléphone ou un disque dur externe dessus. Impassible, mon père navigue parmi une myriade de fichiers distingués par des suites de chiffres sans queue ni tête.

— L'agression a eu lieu à quelle heure exactement ? demande-t-il.

— Je ne sais pas, moi, il devait être…

— Dix-neuf heures douze et sept secondes, répond tranquillement Mike.

Je me retourne pour le foudroyer du regard, et il me fait un clin d'œil. Est-ce que les robots sont censés *faire des clins d'œil*? Et interrompre les gens quand ils parlent ?

— « Dix-neuf heures douze et sept secondes », répète mon père en continuant ses recherches.

Il finit par cliquer sur un dossier et une vidéo en haute définition s'affiche sur l'écran mural. On y aperçoit un morceau de ma nuque, ainsi que les murs de notre appartement.

— Qu'est-ce que c'est que ça ? je demande.

Concentré, mon père m'intime le silence d'un geste de la main. Devant nous, l'attaque reprend vie à travers les yeux de Mike. L'explosion de la porte, ses tentatives d'esquive, sa chute contre la table basse...

Mon père arrête soudain la vidéo et zoome sur le visage de la femme qui apparaît désormais à l'écran. Elle vient d'abaisser son foulard, dévoilant un visage sévère coupé à la serpe, qui aurait pu être beau s'il n'avait pas été déformé par la colère. Des yeux sombres, brillant d'une intelligence froide. Une bouche sensuelle, peut-être un peu trop grande.

— Inès, soupire-t-il.

— Inès ?

— La responsable de la sécurité d'IA Comp.

— IA Comp ?

J'ai l'impression de répéter tout le temps ce que dit mon père. Je ne me suis jamais crue particulièrement intelligente, j'ai du mal en maths et en français, je traîne au milieu du peloton de ma classe. Pourtant, je me suis toujours trouvée vive d'esprit. Je déteste l'image que je donne en ce moment, d'une fille stupide incapable de comprendre les notions qu'on lui sort l'une après l'autre.

— Je sais, le nom n'est pas très original. Mais ils n'ont jamais été inventifs, c'est bien leur problème. Depuis que je suis parti, leur projet piétine. Je dis ça en toute modestie, mais je suis sans doute le plus grand expert mondial sur l'intelligence artificielle. Sans moi, ils ne peuvent pas achever leur prototype.

— Pourquoi est-ce que tu es parti ?

— Parce qu'ils voulaient l'utiliser à des fins militaires. Construire des supersoldats. Pour eux, le test de Turing n'était qu'une étape pour permettre de fabriquer des androïdes à la chaîne, plus solides, plus dangereux que des humains ordinaires. Lorsque je m'en suis rendu compte, j'ai posé ma démission.

— Je ne savais même pas que tu étais parti.

— Et tu ne savais pas non plus que je travaillais chez eux, contre mon père. Je suis resté discret – pour de bonnes raisons – au sujet de mon travail. Pour ceux qui fouillent d'un peu trop près, je suis un banal financier affilié à la bourse de New York.

Je hoche lentement la tête. Je me sens encore perdue, mais les pièces du puzzle finissent par s'assembler. La réaction de mon père lorsque je lui ai parlé de la femme qui nous a abordés ; les informations boursières dans son bureau. Les horaires indécents, les voyages impromptus, le secret, les verrous…

— Et Inès, alors ? Qu'est-ce qu'elle vient faire dans tout ça ?

— Il faut croire que, malgré mes précautions, IA Comp a compris qui est Mike et ce qu'il représente. J'ai toujours su qu'ils avaient un mauvais fond, que l'argent était leur seule motivation, mais je ne pensais pas qu'ils iraient jusqu'à… jusqu'à kidnapper ma femme.

Pour la première fois, mon père semble réaliser ce que cela signifie. Il se voûte sur le canapé, les yeux hantés. Malgré toute ma colère, toute mon envie de rester lointaine, je ne peux m'empêcher de poser ma main sur son épaule. Il a l'air si fragile, tout à coup.

— Je suis désolé, murmure-t-il. Je vous ai toutes deux mises en danger avec ce projet. Dire que j'étais si près du but. Encore deux ou trois jours et j'aurais eu assez de données pour un article, pour corriger les derniers bugs…

— S'ils ont enlevé Maman, c'est parce qu'ils veulent quelque chose en échange, je raisonne.

— Oui, ils veulent Mike, confirme mon père. Je suis prêt à parier que nous recevrons une demande de rançon dans les minutes à venir.

Le « ding » caractéristique d'un nouveau message rompt le silence et il lève un doigt tel un professeur qui voit sa théorie confirmée.

— Qu'est-ce que je te disais ? C'est maintenant que tout commence.

Chapitre 17

« Si vous voulez retrouver votre femme en vie, apportez-nous le robot à l'adresse transmise en pièce jointe. Je suppose que ce n'est pas la peine de vous prévenir de laisser la police en dehors de tout cela. Une fois nos recherches achevées, le robot vous sera rendu. Cordialement. »

C'est le « cordialement » qui me met le plus en colère. Qui donc envoie un message de menace, de chantage, et le termine par « cordialement » ? Cette politesse exagérée me rend furieuse.

Mon père caresse son menton mal rasé d'une main distraite.

— Eh bien, nous savions que ça allait arriver. Et je sais aussi ce que je dois faire.

— … sauver Maman ?

Ma voix manque de conviction. Ces dernières révélations m'ont confirmé que je ne connaissais pas mon père, pas du tout, même. Alors d'ici à ce qu'il m'annonce que son stupide projet a la priorité et que ma mère sera un dommage collatéral regrettable...

— Bien sûr que nous allons la sauver, s'offusque-t-il. Un robot peut être reconstruit, des recherches recommencées. J'ai ici assez de données pour tout reprendre à zéro.

— En m'étudiant, les scientifiques de IA Comp feront d'énormes progrès, observe Mike tranquillement. Vous perdrez toute votre avance dans la course.

— Tu crois que je ne le sais pas ? Tu as coûté près de dix-sept millions d'euros à développer.

Je m'étouffe. Pour moi, vingt euros représentent déjà une belle somme, de quoi m'acheter un grand format ou plusieurs livres de poche.

— Dix-sept millions d'euros ? Mais tu as trouvé ça où ?

— J'ai mis beaucoup d'argent de côté lorsque je travaillais pour eux. Je perdrai du temps, je devrai trouver de nouveaux financements, il faudra que je démarche des sponsors ou des mécènes, mais... ta mère est la priorité.

— Ravie de te l'entendre dire.

Et je le suis. Vraiment. Malgré toutes ses cachotteries, malgré ses erreurs, cet homme reste mon père. Et si l'échange se passe bien, ma mère ne sera pas blessée. Je commence à entrevoir le bout du tunnel.

— Tu penses qu'ils tiendront parole ?

Mon père hoche la tête.

— Si je leur donne Mike, certainement. Leur objectif, c'est de le rendre public, d'obtenir des contrats dans la défense et l'armement. Ils ont besoin de respectabilité. Ils ne prendront pas le risque de nous tuer si ce n'est pas nécessaire. La dernière chose dont ils ont besoin, c'est une enquête pour meurtre sur le dos.

Meurtre.

Le mot flotte dans l'air et je m'ébroue. Comment en est-on arrivé là ?

— Alors tout peut s'arranger ?

— Oui, tout peut s'arranger, confirme mon père.

Il pianote sur son ordinateur pour afficher les coordonnées en pièce jointe.

— Le lieu de rendez-vous est un vrai cliché. Un vieil entrepôt à Vitry-sur-Seine, pas loin du périphérique. Et… ah, merde !

Il pousse un juron alors que les données s'affolent à l'écran. Je ne comprends rien à ce qui se passe. Il tape des lignes de code à toute vitesse, grimace, tape de nouveau… l'écran s'éteint.

— J'aurais dû m'en douter, grogne-t-il. Il y avait un traceur dans le corps du mail, afin de réussir à remonter ma piste. Heureusement, je l'ai arrêté à temps.

Il aurait pu me parler en hébreu, ça aurait été la même chose.

— Papa, je ne comprends rien.

— Ils ont essayé de me localiser, ils ont échoué. C'est tout ce que tu dois savoir. Bon, voyons un peu ce lieu d'échange.

Mon père se remet à pianoter puis rentre l'adresse sur Google Earth. Nous nous retrouvons au beau milieu d'une zone industrielle en friche. Au moment du cliché, des grues et des pelleteuses encombrent les rues. Il y a des gravats partout.

— Charmant, marmonne mon père.

Il zoome sur le bâtiment principal, un large cube de béton à l'aspect repoussant, couturé de câbles électriques et de fenêtres trop étroites pour pouvoir s'y faufiler. Le genre d'endroit dans lequel on pourrait tourner un film d'horreur.

Mon père se promène virtuellement dans les rues adjacentes puis regarde sa montre en soupirant.

— L'échange doit avoir lieu dans une heure. Je vais devoir me dépêcher. Mike, tu viens avec moi. Léa, tu restes ici.

— Hein ? Pourquoi ?

— Si jamais ils ne tenaient pas leur parole, pour quelque raison que ce soit, ce sera à toi de prévenir la police.

— Mais tu as dit que…

— Je sais ce que j'ai dit. Il n'empêche, je ne suis pas ravi de m'engager dans un hangar sombre avec des tueurs en face de moi. Je suis un scientifique, pas un agent secret ! Ces bêtises ne sont plus de mon âge…

— On pourrait aussi prévenir la police tout de suite et éviter tout ça !

— Si la police s'en mêle, elle posera des questions indiscrètes et nos recherches éclateront au grand jour.

— Mais je m'en moque de tes recherches, moi !

— Réfléchis. Est-ce que tu veux vraiment qu'une équipe du RAID débarque sur place ? Tu as vu de quoi cette femme est capable. Si elle se rend compte qu'elle a été vendue, elle pourra se montrer très dangereuse. Et ta mère se retrouvera au milieu des tirs. Non, pas de police. Et tu restes ici. C'est non négociable.

— Hors de question ! Je ne vais pas rester seule ici !

— Mike, murmure mon père.

Il n'a pas besoin d'en dire plus. Le garçon – non, l'androïde – se lève et se dirige vers moi d'une démarche chaloupée. Il me regarde droit dans les yeux. Longtemps.

Puis il finit par hausser les épaules.

— Je comprends ce que tu ressens. Vraiment. Seulement tu te mettrais en danger si tu venais avec nous. Fais-moi confiance, cette transaction se passera bien et tes parents te reviendront en bonne santé.

— Tu as réfléchi longtemps avant de sortir ça ? je grogne, agacée. Ce sont les 0 et les 1 de ton cerveau qui t'ont dit que ce message fonctionnerait sur moi ?

Mike plisse les yeux et je me demande un instant si je n'ai pas rêvé. J'ai cru apercevoir comme un soupçon d'agacement dans ce regard d'habitude si placide. Bien sûr, c'est impossible.

— Nous partons tout de suite. Et tu restes ici, reprend mon père. Comme je te le disais, c'est non négociable. Si tu refuses d'obéir, je n'hésiterai pas à demander à Mike de t'attacher à la chaise.

— Il n'oserait pas !

— Si, admet Mike avec un sourire d'excuse. Je suis désolé, ça ne me procurerait aucun plaisir, mais je dois obéir aux ordres du professeur Chaumet.

Je leur fais face, les poings sur les hanches. Je tiens bon une seconde, deux, trois. Puis je me laisse tomber sur le canapé crasseux.

— Qu'est-ce que vous voulez que je vous dise ? Je ne comprends toujours pas tout ce qui se passe, alors allez-y. J'espère vraiment que vous ramènerez ma mère, sinon j'appellerai la police et je leur raconterai tout.

— Si nous ne revenons pas, dit mon père d'une voix grave, c'est en effet ce que tu devras faire. Ça voudra dire que tout ne s'est pas passé comme nous l'espérions. En attendant, essaie de ne pas toucher aux différents ordinateurs.

Il enfile sa veste, s'empare d'un lourd trousseau de clés sur la commode et se dirige vers la sortie. Mike hésite un instant avant de se pencher vers moi.

— Désolé, souffle-t-il. J'aurais espéré que ça se passe autrement.

— Ouais ? Je vois pas comment, je marmonne, les yeux baissés.

— C'est sans doute la dernière fois qu'on se voit. J'aurais aimé…

— Va-t'en, je rugis. Mon père t'attend, de toute façon.

Seul le silence me répond. Lorsque je finis par relever la tête, je me rends compte que le robot a disparu.

Aussi silencieusement qu'une ombre.

J'attends ainsi, prostrée dans la semi-pénombre du salon. J'attends presque huit secondes.

Puis je me lève.

— « Essaie de ne pas toucher aux différents ordinateurs », j'imite d'une voix de fausset. Ben voyons.

Je pianote sur le clavier du premier ordinateur, grimace en constatant qu'il est protégé par un mot de passe. Bien sûr ; j'aurais dû m'en douter. Je me prépare à abandonner lorsque je suis frappée par une idée subite.

Oui. L'ordinateur que mon père a utilisé pour aller sur Google Earth n'est pas encore tombé en mode veille. Pas besoin de mot de passe !

Le cœur battant, je m'empare de la souris et frémis devant la pellicule de graisse qui la recouvre. Je cherche un instant l'explication avant de me rappeler les cartons de pizza abandonnés dans un coin. Je ne pensais pas que mon père pouvait vivre dans une telle porcherie. Un mythe s'effondre.

En même temps, les habitudes alimentaires de mon père sont le cadet de mes soucis. Il y a des dizaines, des centaines de dossiers sur cet ordinateur et je n'ai pas le temps de tout fouiller. Déterminée, je tape les mots « projet », « Turing » et « Mike » dans la recherche de fichiers. Plusieurs documents apparaissent et je clique sur le premier.

C'est une liste sans fin de lignes de code, parfois commentées, parfois non. J'essaie de comprendre pendant quelques secondes puis abandonne avant d'avoir la migraine. Je me penche sur le second document, libellé « Asimov ». Le nom me dit quelque chose. Un écrivain, non ? Il me semble que j'ai vu traîner un de ses livres dans la chambre de mes parents.

Oui, un écrivain de science-fiction, je m'en souviens maintenant. C'est bien ma veine. Je suis en train de vivre une histoire avec un robot, alors que je n'ai jamais aimé ça. Finalement, j'aurais préféré que Mike soit un vampire, ça aurait été plus stylé.

De nouveau, des milliers de lignes de code apparaissent à l'écran mais, cette fois, le document a une introduction libellée en bon français. Soulagée, je me plonge dans le dossier, mes lèvres remuant au rythme de ma lecture.

Je n'ai aucun doute : c'est bien mon père qui a écrit ce passage. Il parle de la réaction de la population une fois son projet rendu public. Il anticipe une vague d'inquiétude et de repli sur soi.

À partir du moment où le test de Turing est réussi et où on ne peut plus différencier un androïde par la conversation – ni par l'apparence, compte tenu de l'avancée de la technologie synthétique, les gens se demanderont ce qui empêche les robots de prendre le contrôle discrètement. Ceux qui fantasment déjà sur les sociétés secrètes et les Illuminati disposeront de nouvelles munitions puisqu'un robot peut en effet se montrer plus solide, plus rapide, plus fort et plus performant intellectuellement – si on s'en tient à la pure logique – qu'un être humain.

Je ne peux m'empêcher de frissonner. En effet, Mike s'est montré impressionnant. Résister à une chute de quatre étages, esquiver trois brutes qui voulaient l'attraper... Il ne fait aucun doute que beaucoup de gens n'apprécieraient pas de cohabiter avec des robots. Sans parler de ceux qui seraient jaloux de sa plastique parfaite.

Pour pallier ce problème, nous avons implanté en Mike une interdiction absolue d'utiliser la violence, pour quelque raison que ce soit, même pour sa propre préservation.

Je fronce les sourcils. Cette loi est quand même sacrément restrictive. Il pourrait avoir le droit de se battre un peu, non ?

La réponse apparaît deux lignes plus bas, limpide :

Cette loi ne peut souffrir d'exception. Si un robot se permet de lever la main sur un être humain, même sans occasionner de dégâts, l'opinion publique serait aussitôt vent debout. L'humanité ne peut accepter un robot qu'à condition qu'il soit inoffensif.

D'accord.

Je comprends mieux.

Oui, je comprends mieux pourquoi Mike s'est contenté de se défendre face à Maxime et ses amis – ou même face aux agresseurs dans l'appartement.

Il est incapable de la moindre violence…

Le pire qu'il ait fait, ça a été d'immobiliser le poignet d'Ambre quand elle essayait de me frapper.

Un système de priorité a bien sûr été mis en place. Les ordres avec le plus haut niveau de priorité restent les miens. Les ordres des autres humains ne sont pour l'instant activés que dans la sous-programmation.

Je soupire et me passe la main sur le visage. J'ai les yeux qui me brûlent à force de lire sur cet écran à la luminosité étrange. Voilà pourquoi je n'ai encore jamais acheté de tablette. Je préfère la sensation du papier sous mes doigts, et je ne veux pas m'abîmer la vue. Bien sûr, tout le monde me dit que je suis ridicule – mais je ne cède pas.

Je regarde ma montre. Mike et mon père sont-ils déjà arrivés ? Non, certainement pas. Le rendez-vous est à l'autre bout de la ville. Ils ne sont partis que depuis vingt minutes. Ont-ils pris le métro ou la voiture ?

Je ne sais rien, dans cette histoire. Et mon impuissance me pèse. J'aurais aimé les accompagner, malgré les revolvers, malgré le danger. J'aurais aimé sauver ma mère.

Désabusée, je ferme le fichier que je lisais et m'adosse de nouveau au siège. Je sens que je vais passer une soirée misérable.

Un léger bruit me fait dresser la tête. Ce n'est pas grand-chose comparé au ronronnement des machines autour de moi, pourtant je ne peux m'empêcher de regarder la lourde porte blindée. Cela ressemble au frottement de chaussures contre les tomettes. Rien de grave, et pourtant…

Machinalement, je promène mon regard sur les écrans. Il y a une caméra de surveillance juste devant la porte mais, au moment où je vais jeter un œil au visiteur, l'image se brouille puis disparaît.

— Hum.

Voilà qui n'est pas normal.

Je délaisse l'ordinateur pour m'avancer vers la porte en silence. Je colle mon oreille contre l'épais métal. J'ose à peine respirer.

Rien ne se passe et, durant trois secondes, je peux croire que j'ai tout imaginé. Puis le bruit aigrelet d'une sonnette résonne dans l'appartement.

Un visiteur ? Mon père ne m'a jamais parlé d'un visiteur. Est-ce que je dois répondre, ou pas ?

Je me redresse pour regarder à travers l'œilleton mais je ne vois rien, comme si on avait collé quelque chose de l'autre côté. Quelqu'un qui se débrouille pour désactiver une caméra de surveillance ne va pas se laisser arrêter par un simple judas.

Et ne rend pas une visite de courtoisie.

Je sens l'angoisse monter en moi, lentement mais sûrement.

Cette sourde angoisse manque se transformer en panique lorsque j'entends le grincement du métal contre le métal.

Quelqu'un essaie de crocheter la serrure.

Chapitre 18

— Tu t'en sors ? demande un homme à voix basse.

— Sacré verrou. Ouais, je vais y arriver, mais ça prendra un certain temps. Couvre-moi en attendant. Manuel s'occupe déjà de l'aile droite.

— OK.

Comment se fait-il que j'entende aussi bien cette conversation à travers une telle épaisseur ? J'ai l'impression qu'ils se trouvent déjà dans la pièce ! Puis j'aperçois le haut-parleur sur la table, qui doit être branché sur un micro à l'extérieur. Même si la caméra a été coupée, lui fonctionne encore.

Je bats en retraite et regarde autour de moi comme une bête traquée. Je ne me fais aucune illusion sur les intentions des intrus. Peut-être ont-ils un rapport avec l'enlèvement de ma mère, peut-être pas, mais dans tous les cas ils rentrent ici par effraction, et ils ne seront pas ravis de découvrir quelqu'un dans l'appartement.

— Hum.

Réfléchis, Léa, réfléchis!

Je suis restée dans le salon jusqu'à présent ; il est temps de découvrir le reste de l'appartement de mon père. En tentant de faire le moins de bruit possible, j'ouvre une porte qui donne sur une salle de bains avec WC. Aucune cachette possible ici. Il y a bien un verrou et je me demande une seconde si je ne peux pas me barricader ici, mais des gens capables de se débarrasser d'une porte blindée n'auront aucune difficulté face à un si frêle obstacle. Et puis je commence à en avoir assez de toujours me cacher dans des toilettes d'homme.

Je passe dans la chambre, qui est dans le même état que le salon : des canettes vides par terre, une moquette poussiéreuse et souillée de taches indéfinissables, des habits empilés en tas dans un coin. Trois tee-shirts, un jean et plusieurs sous-vêtements sèchent sur un ancien câble informatique qui traversait la pièce. Je détourne les yeux des boxers sombres. Je n'avais pas la moindre envie de découvrir ainsi l'intimité de mon père. Décidément, il menait une véritable double vie.

Je regarde avec attention les deux placards dans le fond. Je ne suis pas très grande, je pourrais me faufiler dans l'un d'entre eux.

Mais ce serait aussi le premier endroit que les intrus fouilleraient s'ils étaient à la recherche d'un objet en particulier.

Sous le lit, alors ? Je me penche, regarde les boîtes en plastique qui encombrent le sol. Je ne pourrai jamais me faufiler là-dessous, à moins de tout sortir, ce qui mettrait la puce à l'oreille des hommes.

En serrant les dents, j'ouvre la dernière porte qui donne sur une chambre d'amis-bureau-débarras. La pièce est remplie du sol au plafond de matériel informatique. J'avance d'un pas, grimace en bousculant une vieille figurine de Goldorak encore sous plastique qui trône sur un siège. C'est donc là que mon père range les objets que ma mère ne veut pas voir dans la maison. Je ne peux pas la blâmer : cette figurine est hideuse.

Malgré mes efforts, je renonce bien vite à pénétrer plus avant dans le débarras. Il y a trop peu de meubles, je ne pourrai pas me cacher longtemps.

Et l'heure tourne.

Je reviens dans le salon, désormais frénétique. Enfin, enfin, mon regard se pose sur la porte-fenêtre. Elle donne sur un petit balcon.

J'ouvre et sens le vent de la nuit me fouetter le visage. J'avais oublié à quel point il faisait froid dehors. La fenêtre possède l'un de ces mécanismes qui se ferme en se claquant et je saisis ma chance. Je me glisse à l'extérieur et m'accroupis sur le balcon. Il n'y a dessus qu'un pot de fleurs mortes qui a visiblement hébergé un jour des géraniums.

Je me recroqueville, et j'attends.

Une minute se passe, puis deux. Je commence à me demander si les intrus n'ont pas abandonné lorsque la porte d'entrée pivote sur elle-même dans un grincement sourd. Mon père a beaucoup investi pour la sécurité de son appartement mais il n'a jamais mis de double vitrage, et j'ai l'impression de me retrouver dans le salon tant les conversations sont claires.

— Bon, on a combien de temps ?

— La boss a dit dix minutes, maximum.

— Ce qui veut dire qu'on aura besoin de quinze, forcément. Merde, elle nous donne des délais intenables et ensuite elle s'étonne qu'on ne soit pas cleans dans notre boulot.

Le bruit de la chaise à roulettes sur la moquette, comme si quelqu'un venait de s'asseoir devant l'ordinateur. Je retiens mon souffle.

— Si j'étais toi, je ne dirais pas trop de mal d'elle. Tu sais comme elle est, si ça se trouve elle nous a collé des micros et elle nous écoute en ce moment même.

— Parle pas de malheur ! Bon, tu désinstalles les disques durs et tu les emportes, je vais voir s'il n'y a aucune autre sauvegarde qui traîne.

— En gros tu vas te balader pendant que je bosse, grommelle l'autre.

Il n'obtient pas de réponse. Celui chargé de récupérer les disques durs s'active en sifflotant, tandis que l'autre fait probablement le tour des pièces. La moquette étouffe ses bruits de pas et je n'arrive pas à le localiser, mais je me félicite déjà de ne pas avoir choisi les cachettes les plus évidentes. Quelqu'un à la recherche de supports de sauvegarde doit sans doute regarder sous le lit – et dans les placards. J'espère simplement qu'il n'ouvrira pas la porte-fenêtre. Il y a peu de chances qu'un disque dur se trouve dehors, non ?

Le temps s'écoule avec une lenteur désespérante, d'autant plus que le froid commence à pénétrer mes habits. Ce qui n'était qu'une désagréable distraction devient un vrai problème alors que mes dents s'entrechoquent. Je frotte mes mains l'une contre l'autre, les mets en coupe contre mon visage, sans résultat. Je m'adosse à la balustrade pour étendre mes jambes une seconde et étouffe un gémissement lorsque les fourmis me remontent le long du mollet.

Pour me changer les idées, je regarde par-dessus le balcon. Erreur. Je ne suis qu'au deuxième étage, pourtant le gouffre semble prêt à me happer tout entière. Après la terrible chute de mon appartement, je n'ai plus envie de tenter l'expérience. Et surtout pas sans Mike pour utiliser ses… ses ressorts dans les bras.

Merde, Mike. Pourquoi est-ce que je me sens si triste ? Ce n'est pas vraiment le moment.

— J'ai pris tout ce que j'ai pu, grommelle la première voix en revenant dans le salon. C'est la caverne d'Ali Baba ici, il a des trucs planqués dans tous les coins. J'espère que je n'ai rien oublié.

— On aura peut-être l'occasion de revenir une autre fois mais là, il faut qu'on file pour rejoindre l'entrepôt. On ne peut pas prévoir la force de l'androïde.

— Franck Chaumet lui ordonnera de nous obéir pour libérer sa femme…

— Ouais… je me méfie de ce vieux singe. Cette fois, il ne devra avoir aucune échappatoire.

— Ça m'ennuie quand même de le tuer. C'est un grand scientifique.

— C'est aussi lui qui pose problème depuis le début. Personne ne le pleurera.

— N'empêche que ça me dérange. Je suis un garde du corps, moi, pas un tueur.

— Tu es ce qu'elle te dit d'être vu le montant de ta paie à la fin du mois. Bon allez, on s'arrache, on a tout pris.

Oui, par pitié, qu'ils s'en aillent ! Je serre les bras autour de mon corps pour réprimer mes tremblements. Le froid et la terreur me paralysent l'esprit. J'ai du mal à réaliser ce que les deux hommes viennent de dire. Je n'ai qu'une envie, que ce cauchemar se termine.

— Attends, et le balcon ?

Mon cœur manque un battement.

— Tu penses qu'il a planqué un truc dehors par ce froid ? Les composants informatiques n'y survivraient pas.

— C'est peut-être ce qu'il veut qu'on pense. Il est rusé, Franck. Sans la puce sur le robot, on n'aurait jamais réussi à trouver sa planque. Je ne serais pas surpris qu'il ait caché des trucs dans une boîte isotherme.

— Une boîte isotherme ? Sérieux ?

Le ton de l'homme est incrédule, pourtant les bruits de pas se rapprochent de la fenêtre, à moitié étouffés par la moquette. Une main se pose sur la poignée.

Puis tire.

La fenêtre s'ouvre et l'homme sort sur le balcon. Il pousse un juron alors qu'un flocon lui tombe sur la main.

— Merde, il neige. Il y a rien ici, juste un vieux géranium crevé.

— Et dans la terre ?

— Oh, tu m'emmerdes !

L'homme s'empare du pot et le brise sans hésiter contre le rebord du balcon. Le terreau se répand au sol et il fouille dedans sans conviction. Soudain, il laisse échapper une exclamation.

— Putain, tu avais raison !

— Hein ?

— Une minuscule sacoche isotherme. D'après la taille, je dirais qu'il y a une puce dedans.

— On n'a pas le temps de regarder. Empoche-la, on file.

— Je n'y crois pas… j'aurais jamais pensé à regarder là.

L'homme referme la porte et les voix décroissent alors qu'ils s'éloignent du balcon.

Je laisse enfin échapper le gémissement que je contenais depuis tout à l'heure. Lorsque j'ai réalisé qu'ils allaient inspecter ma cachette, je n'ai pas hésité et je me suis jetée par-dessus bord. Je pends désormais à la balustrade, le corps dans le vide, retenue simplement par mes mains bleues de froid et une misérable saillie pour mon pied. Les larmes ont gelé sur mon visage et mon poids m'entraîne vers le bas. L'adrénaline m'a permis de tenir, mais pour combien de temps ? Je jette un regard vers le bas et détourne aussitôt les yeux. J'ai envie de vomir.

Deux étages. Cela représente près de cinq mètres. Dans quel état vais-je finir si je lâche prise ?

Je tente d'ignorer les bruits de la rue, la douleur et le froid qui sourdent de mes doigts pour me concentrer sur les hommes dans l'appartement. Sont-ils déjà partis ? me verront-ils en quittant l'immeuble ? Non, la sortie est de l'autre côté.

Avec un soulagement indicible, j'entends la porte d'entrée claquer. Malgré ma position intenable, je patiente encore un peu pour en être sûre. Quelques secondes, pas plus. J'ai déjà les mains qui s'engourdissent sur le fer forgé de la balustrade.

Enfin, enfin, je m'estime en sécurité et je tente de remonter.

Une nouvelle vague de panique me frappe. Je pensais que j'avais touché le fond, que plus rien ne pouvait m'atteindre dans l'état de terreur où je me trouve et, pourtant, quelque part au fond de mon esprit, il me reste encore assez de lucidité pour que mon angoisse augmente.

Je n'arrive pas à remonter !

Je n'ai aucune force dans les bras, je n'en ai jamais eu, et ma position périlleuse n'arrange pas les choses. Mes bras me brûlent et mes jambes battent le vide sans trouver d'autre appui que cette misérable corniche que je frôle des orteils.

Dans un suprême effort, je me hisse de quelques centimètres. Je parviens même à plier mon coude à moitié.

Puis je retombe.

Mon angoisse se dilue dans un sentiment d'injustice cosmique. C'est quand même incroyable de réussir à me sortir sans égratignure d'une chute du quatrième étage pour renouveler l'expérience à partir du second. Je lève les yeux vers le balcon, si proche et si loin à la fois, et je réalise que je ne parviendrai jamais à remonter.

—Hum, j'articule entre mes dents qui s'entrechoquent.

Ce n'est qu'une question de temps avant que mes doigts bleuis par le froid ne cèdent. Qu'une question de temps avant que je m'écrase comme un sac de patates sur le béton glacial. Au mieux, je finirai à l'hôpital – et personne ne préviendra mon père du péril dans lequel il se trouve.

Au pire…

—Hé !

Quelqu'un m'appelle ? En claquant des dents, je me force à regarder vers le bas. J'ai de la buée dans les yeux, ou des larmes, et je cligne des paupières pour m'éclaircir la vision.

C'est un homme d'une trentaine d'années, accompagné d'une jeune femme en épais manteau de fourrure. Ils se sont arrêtés sous un lampadaire et me regardent avec une inquiétude non dissimulée.

—Ne bouge pas, petite, on va prévenir les secours ! s'écrie-t-il.

Il tente de sortir son téléphone mais sa compagne pose la main sur son épaule.

—Arrête, Nico. Le temps qu'ils arrivent, elle aura lâché prise, explique-t-elle.

Elle a baissé la voix mais je l'entends malgré tout, et je suis plutôt d'accord avec elle. Je sens déjà mes doigts glisser, mes muscles s'engourdir.

— Et merde, jure le dénommé Nicolas en rangeant son portable. Bon, tiens-moi ça.

Il fourre d'autorité son manteau dans les mains de sa copine puis se lance à l'assaut de la façade de l'immeuble. Il y a de nombreuses prises en bas, mais l'homme n'est pas très grand et ne parvient pas à atteindre le balcon du premier étage. Il reste là, à essayer de prendre appui sur un minuscule coude de gouttière. Le métal grince, se tord.

— Je ne vais jamais y arriver ! rugit-il, désespéré.

Les flocons fouettent son visage alors qu'il lève les yeux vers moi. Je détourne le regard. Cela ne sert à rien et ça me donne le vertige. Je n'ai plus aucune sensation dans les mains. Je ne sais même pas si je continue à serrer la balustrade.

J'ai été si stupide. J'aurais dû rester dans l'appartement, attendre que les intrus me découvrent sur le balcon. Ou alors faire du bruit dès le début, appeler la police. Peut-être qu'ils auraient fui sans rien me faire.

Et peut-être pas, me souffle une petite voix.

Mais la petite voix est épuisée, elle aussi.

— Attention ! crie la femme, dans la rue.

Trop tard. Je ne me rends même pas compte que j'ai lâché la barre.

Je tombe.

Chapitre 19

Comme au ralenti, j'aperçois l'immeuble qui tourbillonne devant moi, mes mains tendues comme pour attraper la barre déjà loin, les flocons de neige qui tombent moins vite que moi, la lumière du lampadaire qui joue contre les murs de béton.

Et puis je heurte Nicolas qui se lance en avant pour me rattraper. Nous tombons vers le sol dans un enchevêtrement de tissu, et son manteau me couvre le bras. Ma chute est légèrement freinée mais je vais toujours plus vite que les flocons de neige. Ça me paraît d'une importance capitale alors que je flotte dans le vide.

Puis l'impact.

Je comprends enfin à quel point Mike m'a protégée lors de notre chute du quatrième étage. Je n'ai rien senti, grâce… aux ressorts qu'il a dans les bras, ou un truc du genre. Cette fois, la distance est bien moindre et j'en ai pourtant le souffle coupé. Nicolas a heurté le sol en premier, il a amorti ma chute, mais ça n'a pas suffi.

— Ah, putain, jure-t-il en se tenant le dos.

Sa copine s'accroupit à côté de lui, affolée.

— Tu vas bien ?

Son visage est à un pouce du mien. Le sang s'en est retiré, le laissant blanc comme un linge. Ses yeux reflètent la douleur qu'il ressent alors qu'il serre les dents pour ne pas hurler.

— Je... je n'arrive plus à bouger ma jambe.

— J'appelle les secours, décide la fille.

Elle sort son portable et compose un numéro alors que je me relève péniblement.

— Aaah ! hurle Nicolas lorsque je prends malencontreusement appui sur son bassin.

— Je suis désolée, je balbutie.

J'ai toujours été maladroite, il faut croire que ça ne changera jamais.

Les flocons viennent se poser doucement sur mes épaules. Il n'y a plus de circulation dans mes doigts ; je les glisse sous mes aisselles tandis qu'un frisson me parcourt de part en part. Nicolas reste allongé sur le macadam ; maintenant que je suis debout, je me rends compte que sa jambe forme en effet un angle étrange.

— Merci, je parviens à articuler en cherchant son regard. Sans vous, j'étais...

Il ne répond rien, trop occupé à retenir ses larmes. Sa compagne vient d'obtenir les secours au téléphone et les presse d'une voix hystérique :

— Il est là, il n'arrive pas à bouger ! Bien sûr, je vous donne l'adresse !

Petit à petit, les sensations reviennent dans ma main, et avec elles la douleur. C'est comme des milliers de petites aiguilles qui me percent les phalanges. Bon, c'est un faible prix à payer pour être toujours en vie. N'empêche que ça reste désagréable.

Mon cerveau se remet lentement en marche. J'ai échappé aux deux intrus dans l'appartement. Et je n'ai pas oublié leur conversation. Ils veulent se débarrasser de mon père ! Je dois le prévenir !

Mais comment ? Je n'ai plus de portable. Et, maintenant que je réfléchis, je ne connais même pas son numéro par cœur.

Sur le sol, Nicolas gémit sourdement. Sa copine est toujours au téléphone, à donner des indications.

Je serre les poings et prends ma décision. Je ne vais pas attendre l'arrivée de la police ou des pompiers. Je ne pourrai jamais expliquer ce que je faisais ici, pendue au balcon d'un immeuble. Je n'ai pas envie de finir au poste ; qu'est-ce que je pourrais leur dire ? Le temps qu'ils comprennent, le temps qu'ils me croient, mon père sera déjà sur place avec Mike. Et, même s'ils décidaient d'intervenir, je me rappelle les paroles de mon père.

Est-ce que je suis prête à risquer que mes parents soient pris dans une fusillade ?

Non, je dois prévenir mon père avant.

Je me mets à courir.

— Arrête ! crie la femme derrière moi.

— Je suis désolée ! je lance sans me retourner.

Et je le suis vraiment. À cause de moi, un homme assez gentil pour me venir en aide va finir à l'hôpital. Je devrais le remercier, attendre avec lui, lui tenir la main. Sans même parler des frais. Je lui dois la vie…

Mais je n'ai pas le choix. Alors je ravale ma fierté et mes larmes, et j'accélère. Je sais que sa copine ne me poursuivra pas en laissant son compagnon sur le sol.

— Connasse ! lance-t-elle dans mon dos alors que je tourne au coin de la rue.

Oui, je suis assez d'accord. Je ne suis pas fière de moi, là. Quand tout ça sera terminé, j'essaierai de retrouver mon sauveteur. Je connais son prénom, c'est un bon début.

Je continue à courir pendant une bonne minute ; je m'engage dans un boulevard puis m'arrête pour retrouver mon chemin. Mike et mon père ont près d'une demi-heure d'avance sur moi. Je fouille dans ma poche et examine le plan de métro que j'ai coincé dans mon pass Navigo. Ils doivent traverser tout Paris et faire deux changements. Normalement, ils ne sont pas encore arrivés.

Si je prends un taxi, peut-être pourrai-je arriver avant eux ?

Je secoue ma capuche pour enlever la neige qui s'y est glissée, puis reprends ma marche d'un pas résolu. Je n'ai jamais utilisé de taxi de ma vie mais je connais un arrêt à proximité.

Il est presque 21 heures. Ou plutôt *seulement* 21 heures. J'ai l'impression d'avoir vécu plus d'événements aujourd'hui que toute ma vie durant. Et ce n'est pas près de s'arranger vu ce que je m'apprête à faire. Quitte à plonger dans un des livres dont j'étais si friande, je n'aurais pas pu tomber sur une comédie romantique, non ?

L'obscurité mange les ruelles et agite les ombres autour de moi tandis que des peurs enfantines reviennent me hanter. Il n'y a pas de monstres, bien sûr. Et pourtant, une petite voix ne peut s'empêcher de me souffler qu'il y a des robots, après tout, et des hommes en noir prêts à tuer pour voler ce dont ils ont besoin. Alors pourquoi pas des monstres ?

Machinalement, je cesse de suivre les petites rues pour me concentrer sur les axes plus peuplés. Au loin, j'aperçois enfin les lumières clignotantes de taxis disponibles à la station. Plus que cent mètres, et je pourrai...

— Léa ?

La voix incrédule tranche dans mon hébétude. Je pivote sur moi-même, prête à prendre la fuite. Au point où j'en suis, je m'attends à tout.

Mais pas à celui qui me regarde avec un mélange de colère et de haine, affalé à la terrasse d'un café, une bière à moitié vide devant lui. Une fille blonde lui tient compagnie, les cheveux lâchés sur des épaules musclées, la peau tannée à la perfection par des sessions régulières dans les instituts de bronzage de la capitale.

C'est la fille que je reconnais en premier grâce à la lueur des braseros. Ambre.

Et du coup, le garçon ne peut être que...

— Comme on se retrouve, grince Maxime en repoussant sa chaise.

— T'es pas couchée à cette heure-là ? demande Ambre, l'air mauvais. La petite fille modèle n'a pas des devoirs à faire ?

Malgré mon état de fatigue et de panique, je ne peux m'empêcher d'observer le problème de logique dans ce que vient de dire Ambre. Sagement, je m'abstiens de le faire remarquer à voix haute. Je me contente d'accélérer le pas vers la lumière libératrice des taxis.

— Hé ! Je t'ai parlé ! Tu vas pas te tirer comme ça !

Je coule un regard derrière moi et gémis. Maxime a jeté quelques pièces sur sa table et se précipite à ma suite en enfilant son blouson. J'aimerais fuir mais c'est trop d'événements pour une seule soirée. Et puis, pour aller où ?

De toute façon, même en pleine forme, je ne parviendrais jamais à le semer. Alors dans mon état…

Je traîne encore mollement mes jambes sur quelques mètres, soulevant la fine couche de neige qui commence à s'installer sur les trottoirs, puis je me retourne pour lui faire face. Il devrait me sembler moins inquiétant maintenant que j'ai fait face à de *vrais* méchants avec de *vraies* armes, pourtant je ne peux réprimer un frisson.

Il est grand, costaud, menaçant. Il représente tout ce que je hais au lycée. Et je ne peux plus fuir.

— Ben alors, tu voulais partir sans nous dire bonjour ? grogne Maxime. C'est pas très sympa. On s'inquiétait, nous, on se demandait ce qu'il t'avait fait, ton pseudo-frère. Et, à cause de toi, on s'est retrouvés dans des emmerdes dont on n'avait pas besoin.

— Ouais, crache Ambre en lui caressant machinalement la main. Mes parents m'ont privée d'argent de poche et ont chopé ma tablette et mon téléphone. Tu te rends compte de ce que ça représente ? Une semaine sans Internet ?

La Léa d'autrefois aurait compati avec Ambre. Se savoir coupée d'Internet, ne fût-ce que quelques heures, m'aurait apparu comme la pire des tortures. Mais cette dernière journée m'a fait grandir plus rapidement que prévu. Si je la regarde bien, Ambre n'est qu'une fille de mon âge, après tout. Sous le maquillage ajusté avec soin, les habits de marque et les poses outrancières se trouve une adolescente de seize ans.

— Il est où, alors, ton Mike ? reprend Maxime. J'aimerais avoir une petite discussion avec lui. D'homme à homme.

— Il te réduirait en bouillie, je réponds avant d'avoir pu m'arrêter.

Par réflexe, je recule d'un pas et lève les mains pour me protéger le visage. Pas très diplomate, de provoquer le garçon le plus dangereux de mon lycée ! Pourquoi est-ce que j'ai dit ça, exactement ?

Parce que j'aurais aimé que ce soit la vérité, voilà pourquoi. Parce que je comprends bien pourquoi mon père a installé ces fameuses lois de la robotique dans un androïde, mais que j'aurais voulu que Mike se batte réellement pour me défendre, et casse la gueule de ce petit con. Après tout, les superhéros n'ont pas ce genre de limitations. Ils n'hésitent pas à se battre pour sauver la veuve et l'orphelin.

J'observe la réaction de Maxime entre mes doigts tendus, mais le garçon se contente de sourire, sans le moindre énervement.

— Il a l'air costaud, c'est clair, admet-il. C'est justement pour ça que j'aimerais me le faire en face-à-face, voir ce qu'il a dans le ventre. Personne ne nous tient tête au lycée, ça devient lassant.

— Bon, il est tard et j'ai froid dehors, siffle Ambre en se frottant les mains pour les réchauffer. Alors on donne une bonne leçon à cette connasse et on retourne dans un bar ? Faut pas que je rentre après minuit, déjà que je suis partie en cachette de mes parents…

Je recule de nouveau jusqu'à me trouver dos au mur. Il y a du monde dans la rue, des passants indifférents qui pressent le pas tandis que la neige s'accumule sur leurs manteaux. Pourtant, je ne peux croire que personne ne bougera si jamais je me fais agresser sur la voie publique. Les autres fois, à l'école, j'ai commis l'erreur de me retrouver sans témoin. Plus jamais !

— Essayez un peu, pour voir, je gronde, les mâchoires serrées.

L'effet aurait été plus impressionnant si je n'avais pas claqué des dents. Je leur aurais bien précisé que c'était le froid et non la peur, mais je me sens déjà assez ridicule comme ça.

Maxime lève mollement la main – puis la laisse retomber.

— Non. Je ne frappe pas les filles. Si ton mec avait été là, ça se serait passé différemment. On se retrouvera, sois-en sûre. Lui et moi. (Il soupire). Bon, j'ai plus envie de boire. Viens, Ambre, je te ramène chez toi.

Il tourne les talons et sa compagne me lance un long regard menaçant avant de le suivre.

J'ai du mal à y croire.

Je laisse échapper un souffle que je n'avais pas eu conscience de retenir et reste quelques secondes le dos au mur, à sentir la sueur me geler la nuque. Je n'aurais jamais cru m'en sortir à si bon compte.

Puis l'urgence de la situation me revient en mémoire. Mon père va tomber dans un piège. Je suis la seule à pouvoir le prévenir. Et la station de taxis est si proche.

Je reprends mon chemin puis pousse un cri de rage en apercevant au loin la dernière voiture qui démarre avec un client, ses lumières vertes passant au rouge.

— Merde ! je jure entre mes dents.

Le vent s'engouffre sous mon manteau et je ferme les yeux pour me protéger des flocons de plus en plus nombreux. Comment vais-je faire pour les rejoindre à temps… ?

L'idée qui me frappe est si stupide, si ridicule, si irréalisable que je manque éclater de rire – un rire nerveux, sec et sans humour. Pourtant, plus je réfléchis, moins je vois d'alternative.

Je me mets à courir tout en continuant à me moquer de moi-même.

Tu cherches les ennuis, Léa. Ça va mal finir, Léa. Tu es stupide ou quoi, Léa ?

— Hé ! je crie en arrivant derrière le large dos, à quelques mètres devant moi.

Maxime est penché sur sa moto, en train d'enlever l'antivol. Ambre a déjà enfilé son casque et pianote avec impatience sur sa jambe. C'est elle qui m'aperçoit la première et ses yeux s'agrandissent à travers la visière.

— Qu'est-ce que tu fous là ? T'as de la chance qu'on t'ait laissée partir, tu veux qu'on change d'avis ?

Maxime se retourne avec la rapidité d'un serpent. Il tient dans sa main la chaîne de l'antivol et semble prêt à l'utiliser. Je croise son regard, des yeux froids et glacés, impitoyables. Il se détend visiblement en m'apercevant. Ses épaules se relâchent et il se penche de nouveau pour glisser la chaîne dans son sac.

— Ambre a raison, qu'est-ce que tu veux ? marmonne-t-il.

Je n'arrive plus à parler. Une goutte de sueur coule le long de mon front. Je prenais Maxime pour une simple brute de lycée, un de ces êtres sans cervelle qui passent leur scolarité à taper sur les plus faibles. Mais je n'en suis plus aussi sûre. Il est plus dangereux que ça, bien plus dangereux. Dans quel monde vit-il, pour réagir avec autant de rapidité à la moindre menace ? Si je lui avais voulu du mal, il n'aurait pas arrêté son geste et j'aurais reçu en plein visage tout le poids de la chaîne.

Je manque tourner les talons, me rendre à la station de taxis et attendre misérablement qu'un nouveau véhicule arrive, espérer que j'aie assez d'argent pour payer la course, prier pour qu'on me prenne au sérieux, tenter d'avoir tous les feux au vert pour arriver à l'heure.

C'est impossible, désormais. J'ai perdu trop de temps. Je ferme les yeux et prends une grande inspiration.

— Oh, regarde, elle va s'évanouir de terreur, ricane Ambre.

C'est cette réplique qui me décide. Pour qui se prend-elle ? Est-ce qu'elle a déjà eu à affronter ce à quoi j'ai dû faire face ? Est-ce qu'elle a déjà pendu d'un balcon en entendant des tueurs s'affairer à l'étage ? Non ? Bon.

— En fait, je voulais savoir si tu voulais bien m'emmener faire un tour à moto, je parviens à prononcer en ignorant Ambre.

— Quoi ? piaille la blonde, stupéfaite.

Maxime hausse un sourcil, sa manière à lui de montrer sa surprise.

— Désolé, t'es pas mon style, répond-il d'une voix traînante. Pas assez de… (il esquisse un geste vague, hausse les épaules). Mais t'as du courage, on peut pas t'enlever ça.

— C'est pas pour ça, je proteste sans chercher à combattre le rouge qui me monte au front (colère ? embarras ? je n'ai pas le temps d'analyser mes sentiments). C'est au sujet de Mike. Il est en danger.

— En danger ? répète Maxime. Je ne veux pas le flatter, mais vu comme il nous a échappé sans difficulté, je pense qu'il peut se défendre contre n'importe qui.

— Tu ne comprends rien ! Il a des hommes aux trousses ! Des hommes armés ! Et il ne peut pas se battre, parce que c'est un…

Je m'interromps, cherche comment compléter ma phrase, ne trouve pas, reste la bouche ouverte. Ambre s'engouffre dans la brèche.

— Et tu crois vraiment qu'on va aller aider ton mec après la manière dont il s'est comporté ?

— Hé ! C'est vous qui…

— Ça suffit, intervient Maxime.

Il n'a pas élevé la voix, pourtant nous nous taisons aussitôt. Pour la première fois, je comprends pourquoi c'est lui qui dirige sa bande au lycée, malgré la réputation de violence de ses compagnons. Il n'est peut-être pas le plus fort, pas le plus dangereux… mais il a cette autorité tranquille des chefs-nés. Ambre baisse les yeux, donne un vague coup de pied contre la roue de la moto.

— Des mecs avec des flingues, Max. Elle a parlé de mecs avec des flingues.

— Et ça t'excite pas, toi ? Moi, oui.

— Dites, sans vouloir vous presser, je vous ai demandé de l'aide parce que je dois aller vite. Si jamais j'arrive trop tard…

Ambre me foudroie du regard et je me demande un instant si je ne suis pas allée trop loin. Mais Maxime tend la main vers sa compagne.

— Casque.

— Max, tu ne vas quand même pas…

— Casque.

En maugréant, Ambre enlève son casque pour me le tendre. Je l'enfile avec précaution. C'est la première fois que j'en mets un et j'ai aussitôt l'impression d'étouffer. L'intérieur sent le shampooing, le parfum hors de prix – et la sueur. J'entends les sons de manière déformée, et mon champ de vision est désespérément réduit. Je relève la visière, aspire une grande goulée d'air.

— Monte derrière moi, offre Maxime en s'installant en avant sur sa mobylette. Je t'offre le rodéo de ta vie. Avant ton premier mec, en tout cas.

Je ne peux m'empêcher de me demander ce qui m'a pris de lui demander de l'aide. Il est tellement vulgaire ! Et s'il me trahissait ? Et s'il m'emmenait… ailleurs ? Moi qui me félicitais de lui tenir tête dans une artère remplie de monde, voilà que je lui donne toutes les cartes.

Je lève les mains pour retirer le casque… puis les laisse retomber. Le temps presse.

Alors je monte derrière Maxime et je m'installe de mon mieux. J'hésite un instant avant de poser les mains sur son torse. Finalement, je m'accroche à son blouson du bout des doigts.

— Vous êtes chiants, du coup je vais devoir rentrer à pied, grogne Ambre.

— Sinon, attends au bar, je passerai te prendre, propose Maxime.

— Pas envie de rester seule. Non, je rentre.

— Comme tu veux, conclut Maxime en enfilant son casque. Bon, si c'est si pressé, tu m'expliqueras le reste là-bas. Il est où, ton Mike ?

Je lui donne l'adresse, le quartier, et il hoche sobrement la tête avant de démarrer au kick.

La moto bondit en avant.

Chapitre 20

La première pensée qui me passe par l'esprit alors que nous filons à toute allure dans les rues du 16e arrondissement, c'est : *ça va vite, ce truc !*

La seconde pensée, c'est : *je vais tomber je vais tomberjevaistomber !*

Je lâche le blouson de Maxime et me serre contre lui de toutes mes forces pour ne pas partir en arrière. Il ne paraît pas se rendre compte de ma situation, trop concentré sur sa conduite. Il se faufile entre les voitures, dépasse par la droite et monte parfois sur le trottoir au mépris de toutes les règles de la circulation.

La neige tombe de plus en plus fort, d'épais flocons qui viennent se déposer sur mon manteau malgré la vitesse. Devant moi, Maxime subit le vent de face ; son blouson et son casque ont vaillamment résisté au froid avant de se couvrir à leur tour de neige au détour d'un feu rouge ou d'un stop. Le sol devient glissant, lui aussi, mais il conduit son véhicule avec sa confiance en lui habituelle. On pourrait croire qu'il est né en selle tant il fait corps avec sa moto. Il profite même de la neige pour déraper par deux fois et entamer un virage plus serré que prévu.

Je reprends progressivement espoir alors que les rues défilent autour de moi. Grâce à la maîtrise de Maxime, nous allons bien plus vite qu'un taxi. Je peux encore arriver avant ce maudit métro !

Je sens les abdominaux de Maxime, durs et noués sous mes mains alors que je me serre contre lui. Je n'arrive pas à croire qu'il est en train de m'aider, ce monstre dont tout le monde a peur. Et pourtant, c'est auprès de lui que j'ai cherché du secours. Pas auprès de Mounia, ni d'Arthur.

Parce que Mounia et Arthur ne traînent pas dans les rues aussi tard.

Parce que Mounia et Arthur ne possèdent pas de moto.

Parce que Mounia et Arthur m'auraient poussée à tout raconter à la police.

Parce que Mounia et Arthur ne sont pas taillés pour l'aventure.

Et toi oui ? me souffle une petite voix.

Je n'ai pas le choix, je lui réponds fermement – et intérieurement – en gigotant sur la selle pour trouver une position plus confortable.

En effet, je n'ai rien demandé, mais je ne compte pas abandonner maintenant. Même lorsque Maxime donne un violent coup de frein devant une camionnette de déménagement et manque partir dans le décor.

— Putain ! crache-t-il. Regarde où tu vas, connard, si tu veux pas que je te défonce à coups de barre de fer !

Le conducteur avait le feu vert. Plein d'une juste colère, il ouvre la porte de son véhicule – puis se ravise lorsque Maxime relève la visière de son casque. Dans ma position, je ne peux suivre l'échange de regards mais l'homme baisse finalement les yeux et nous reprenons notre route.

Si le conducteur avait insisté, Maxime se serait battu, j'en suis sûre. Est-ce que j'ai eu raison de demander à un tel psychopathe de m'accompagner ? Il ne vit que par et pour la violence !

Oui, je conclus. C'est *exactement* la personne dont j'ai besoin. Et puis c'est peut-être cynique mais je me sentirai moins coupable s'il se fait blesser. Après tout, il a l'habitude, non ?

La moto franchit un pont, quitte le XVIe arrondissement, puis finit par passer le périphérique. La neige continue à s'épaissir et Maxime la chasse d'un geste agacé en tenant le guidon d'une main. Je prends le parti de ne plus regarder la route, simplement fermer les yeux et prier pour ne pas avoir d'accident. Ce serait ridicule de finir encastrée dans un terre-plein après avoir franchi tant d'obstacles !

Dans un crissement de freins et une gerbe de neige, la moto s'arrête au bout d'une rue. Nous sommes dans une zone industrielle qui sent la crasse, la pauvreté et l'essence brûlée. Dans un coin, la neige achève de recouvrir un amas de pneus fatigués. Un van à moitié désossé traîne sur le trottoir. C'est l'un de ces endroits que l'hiver ne parvient pas à rendre bucolique, et où le blanc se transforme aussitôt en boue sale et amère.

Maxime se retourne, tape sur son casque pour déloger la neige puis lève sa visière.

— On est à deux rues de l'endroit que tu m'as indiqué.

— Pourquoi on ne continue pas, alors ?

— Parce que tu as parlé de danger. Je ne sais pas pour toi mais si on tombe sur des mecs armés, je préfère arriver discrètement.

Je mets pied à terre, incapable de rassembler mes pensées pendant que Maxime sort son antivol.

— Comment ça, « si on tombe ? » Je vais me débrouiller, tu m'as amenée jusqu'ici, je ferai le reste toute seule.

— Si je ne me trompe pas, tu es pressée par le temps, non ?

— Oui, mais…

— Alors ce n'est pas le moment de discuter. En avant.

Sans attendre de réponse, Maxime s'engage dans la ruelle enneigée. Il marche à moitié courbé, comme dans les films, et les flocons qui tombent de plus belle lui donnent une apparence éthérée. J'étouffe un juron puis me lance à sa suite. Il a raison, ce n'est pas le moment de discuter. Pourtant, j'aimerais bien savoir pourquoi mon pire ennemi – bon, en tout cas quelqu'un qui est loin d'être mon ami – se trouve ainsi à mes côtés, une fine couche de gel sur ses sourcils froncés.

La neige étouffe tous les bruits, plonge la réalité dans un coton irréel. L'humidité infiltre mon manteau et me coule le long de la colonne vertébrale. Je parviens à grimacer un sourire devant le ridicule de ma situation ; j'ai échappé à des tueurs fous pour écoper d'une pneumonie !

Maxime tourne au coin de la rue, puis change de nouveau de direction.

Devant nous, le hangar se dresse, comme sorti de nulle part. Maintenant que je me trouve devant, je me demande comment je ne l'ai pas remarqué plus tôt. J'ai beau n'avoir vu cet énorme cube de béton qu'une seule fois sur Google Earth, j'aurais pu le reconnaître n'importe où. Il est tellement sinistre !

Les rues sont vides. Il est presque 22 heures, et les gens sains d'esprit se terrent chez eux autour d'un radiateur. Ou, mieux, ils dorment profondément sous une couette épaisse.

Oh ! oui, une couette épaisse. Donnez-moi une couette épaisse.

— Bon, il est où, ton pote ? souffle Maxime.

Il se frotte les mains en rythme pour se réchauffer, mais il ne se plaint pas. Son souffle s'élève en buée dans l'air glacial. Il s'en moque probablement, mais je ne peux m'empêcher de me rappeler le moment que nous venons de partager sur sa moto. Son large dos s'est révélé un rempart parfait contre le vent et le froid. Il dégage une aura d'arrogance tranquille, de confiance en lui – et je réalise soudain, avec une certitude écœurante, que ce sont ces qualités qui manquent à Arthur. Il est drôle, intelligent, touchant et même plutôt mignon – mais il ne s'implique *jamais*. Même lorsque je me suis fait retenir par Maxime

– déjà – et son groupe dans la salle de classe, Arthur n'est pas allé voir ce qui se passait.

Je bannis ces pensées parasites pour me concentrer sur le présent. Je n'ai jamais laissé mon cerveau vagabonder ainsi, avant. Je dois être épuisée. Je me pince le gras du bras et grimace en sentant le sang couler paresseusement dans mes membres engourdis.

— Je ne sais pas, j'admets. Ils ne sont peut-être pas encore arrivés ?

— « Ils » ? Qui ça, « ils » ?

— Je voulais dire Mike, je me dépêche de corriger. Il est parti il y a plus d'une heure.

Maxime se livre à un rapide calcul. Finalement, il secoue la tête.

— Il avait trop d'avance. J'ai fait ce que j'ai pu mais c'est mort, là. S'il n'a pas eu de souci de métro, il a déjà dû entrer depuis un moment. Du coup, maintenant qu'on est sur place, si tu me disais de quoi il s'agit ? Je veux bien t'aider, ça m'occupe, mais je ne sais pas dans quoi je m'engage et ça m'emmerde.

— Non, je gronde. S'ils sont déjà arrivés, au contraire, j'ai encore moins le temps. Il faut que je rentre dans l'entrepôt.

— Tu as encore dit « ils », au pluriel.

— Mon père est avec lui, je finis par lâcher.

— Hein ? grimace Maxime. Mais…

— C'est compliqué.

Je me détourne, puis soudain pointe le doigt vers la porte.

— Là, regarde !

Je m'en veux de ne pas l'avoir remarqué avant. Il y a des traces de pas dans la boue, à moitié recouverts par une fine couche de neige. Je m'approche, me penche pour examiner les empreintes. L'une des paires appartient à un adulte. L'autre est un peu plus petite mais très enfoncée, comme si la personne était incroyablement lourde.

— Ça correspond, je murmure comme pour moi-même.

— Dans ce cas, ils n'ont pas beaucoup d'avance, conclut Maxime. Pas plus de cinq minutes, sans quoi les empreintes auraient été entièrement recouvertes.

— Alors j'ai peut-être encore le temps !

Sans attendre de réponse, je me précipite vers la porte de l'entrepôt. Elle est légèrement entrebâillée, ce qui ne m'inspire aucune confiance. J'ai trop vu de films d'horreur et je me doute que tous les pièges commencent ainsi. Pourtant, je n'ai pas d'autre choix et je me glisse dans l'ouverture.

Une main se pose sur mon épaule et manque me faire hurler de terreur. Je tente de calmer les battements de mon cœur. Ce n'est que Maxime.

— Qu'est-ce que tu fais ? siffle-t-il.

— Tu le vois, je vais à leur secours.

— Qu'est-ce que ton père fait dans cette affaire ? Et c'est vrai, cette histoire d'hommes armés ?

— Oui, je réponds sobrement en éludant sa première question.

— Du coup, tu vas te lancer sans réfléchir contre des *hommes armés* ? Tu es malade ou quoi ?

— Écoute, je n'ai pas le temps de t'expliquer, alors lâche-moi, d'accord ?

Je me libère d'une secousse et me glisse de nouveau dans l'embrasure de la porte. Je jette un regard en arrière à temps pour voir Maxime hausser les épaules.

— Putain, v'la la gratitude. OK, va te faire buter, je m'en fous, ça ne me regarde pas.

— Personne ne t'a demandé ton aide, je siffle.

— Ah ouais ? Et tu… Ah, laisse tomber.

Il s'éloigne dans la tempête de neige. Bientôt, sa large silhouette disparaît derrière un rideau blanc. Je sens mon courage vaciller avec sa disparition. C'est beaucoup plus facile de plastronner quand on est accompagné d'un garçon violent. Je comprends soudain mieux l'arrogance facile d'Ambre, qui se cache toujours derrière ses trois amis. Et l'émancipation de la femme, alors ?

Repoussant ces pensées déprimantes, je m'engage dans l'entrepôt.

Les lampadaires offraient une maigre lumière dehors malgré la neige. À l'intérieur, c'est l'obscurité qui règne, à peine troublée par la lueur verdâtre des sorties de secours. Des tuyaux et des caisses abandonnées traînent dans le passage et m'obligent à avancer avec précaution. Je manque rentrer de plein fouet dans un vieux chariot élévateur couché sur le flanc. Une épaisse couche de poussière recouvre le sol, comme si personne n'avait pénétré ici depuis des années. J'avance encore d'un pas, puis étouffe un cri lorsqu'un voile fin vient se déposer contre mon visage. Je me débats, haletante, au bord de l'hystérie.

Une toile d'araignée !

C'est juste une toile d'araignée !

Enfin, quand je dis « juste »… J'ai toujours détesté les araignées, et cette lueur blafarde ne contribue qu'à augmenter ma terreur. Mes yeux s'accoutument petit à petit à la pénombre et j'aperçois désormais des dizaines de toiles entre les murs, les outils, les caisses ou les machines. Dans mon imagination, je peux presque voir les bestioles courir sur les fils, de plus en plus grosses, de plus en plus inquiétantes, avec leurs yeux globuleux qui ne ratent rien, leurs crochets qui viennent boire mon sang…

Une main se pose sur mon épaule et, cette fois, je pousse un cri. Le bruit se réverbère dans les couloirs déserts mais mon cœur bat trop vite pour que je m'en soucie. Je me retourne dans une pseudo-posture de karaté – et me retrouve face à Maxime. Le soulagement balaye l'adrénaline, mes jambes me lâchent d'un coup. Je me laisse glisser au sol.

— Qu'est-ce que tu fais là ? je souffle.

— Je me sens un peu responsable après t'avoir amenée ici. Et je ne voulais pas rater la fête. Mais je te préviens, à un moment, je demanderai des explications. Et t'auras intérêt à avoir des réponses.

Je hoche la tête, me redresse avec plus d'assurance que je n'en ressens. Même s'il s'agit de Maxime – de Maxime, quoi ! –, je ne suis plus seule. Sa simple présence me remonte étrangement le moral. Les ténèbres ont reculé et les toiles d'araignée semblent moins menaçantes. J'aimerais raconter toute mon histoire – le pauvre le mérite après m'avoir suivie ainsi – mais j'ai déjà perdu assez de temps avec mes hésitations.

— Suis-moi, j'ordonne d'un ton péremptoire.

Je me fraie un chemin à travers le labyrinthe de caisses jusqu'à une nouvelle porte, elle aussi ouverte. Dans le coin, j'aperçois un escalier en métal branlant et je m'élance sur les marches.

— On n'était pas censés être discrets ? murmure Maxime en se rapprochant au-dessus de mon épaule.

— On n'a plus le temps. C'est de mon père qu'il s'agit !

— Et de Mike ?

— Oui… et de Mike, aussi.

J'avance désormais courbée, comme Maxime quelques instants plus tôt. En haut des marches se trouve une longue passerelle métallique qui fait le tour de l'entrepôt. Je n'ai pas la moindre idée de l'endroit où se trouve mon père mais je presse le pas, sans tenir compte du « clang clang » de mes chaussures sur la tôle. Je surplombe désormais la pièce principale et plus j'avance, plus la lumière augmente. Cela reste diffus, pourtant la pénombre se transforme en crépuscule où vient danser l'obscurité.

— Attends ! siffle soudain Maxime.

Je me fige aussitôt et lui lance un regard interrogateur. Il porte la main à son oreille. Maintenant que je ne bouge plus, j'entends en effet une sourde rumeur de conversations, un peu plus loin. Nous touchons au but.

Mais, si nous entendons des gens parler, cela signifie aussi que nous arrivons trop tard.

Après un instant d'hésitation, je délace mes chaussures puis les enlève. Malgré mes chaussettes, le froid du métal vient me mordre la peau. Pourtant ça en vaut la peine : je suis bien plus discrète ainsi. Je hoche la tête d'un air décidé puis reprends ma progression. Je n'ai pas besoin de me retourner pour savoir que Maxime vient de m'imiter ; je n'entends plus le claquement de ses bottes épaisses. Il ne tente plus de parler ou de demander d'explication – il a compris que ce n'est plus le moment.

Nous nous rapprochons des voix jusqu'à ce que je finisse par me glisser derrière une caisse épaisse qui me dissimulera aux gens dans l'entrepôt. Je coule un regard par-dessus le rebord de la plate-forme.

En bas, trois mètres en dessous de moi, se tiennent Mike et mon père. Ils sont encore en forme et libres de leurs mouvements. C'est déjà ça de gagné.

En face d'eux se trouvent quatre hommes habillés de noir. Je n'ai jamais été physionomiste, encore moins lorsque mes agresseurs ont un foulard sur le visage, mais je suis prête à parier que deux d'entre eux ont participé à l'attaque sur notre appartement.

Juste derrière, adossée à un mur, la femme qui les dirige fume une cigarette. Mon père l'a appelée Inès, et c'est la responsable de la sécurité d'IA Comp. Autant dire l'exécutrice des basses besognes.

J'hésite à crier, à avertir mon père de ce qui l'attend, mais je ne vois ma mère nulle part. Si je me montre tout de suite, est-ce que les hommes en noir annuleront l'échange ? Non, il faut que je sois plus maligne que ça. Je dois attendre le meilleur moment pour sauver mes deux parents à la fois.

Sérieusement, pourquoi est-ce qu'on me met une telle pression sur les épaules ? Je n'ai que seize ans, et j'ai juste envie de…

Sans prévenir, une vague de haine m'envahit, d'autant plus surprenante que je n'en ai pas l'habitude. Oui, j'ai envie de descendre de mon perchoir pour montrer à cette femme ce qu'il en coûte de s'en prendre à ma famille. Je veux m'emparer d'une barre de fer – ce n'est pas ce qui manque, ici – et me débarrasser de mes peurs à grands coups de métal. C'est une émotion si puissante, si improbable, que j'en ai le tournis et je dois me rattraper à la barrière.

— Il se passe quoi, là ? souffle Maxime à son oreille.

Dans mon état, ce simple murmure suffit à me faire sursauter. Je l'ai complètement oublié ! Et pourtant, il a raison. Nous sommes arrivés, je peux lui accorder quelques secondes pour lui expliquer la situation. Après tout, il l'a bien mérité. Sauf que je vais devoir me montrer concise.

— Ma mère est prisonnière de cette femme. Ils ne les libéreront que si mon père – l'homme aux cheveux gris, là – leur livre Mike.

— Hein ? Pourquoi Mike ? Qu'est-ce que c'est que cette histoire ?

Je m'apprête à lui répondre lorsqu'une porte coulisse en bas. D'un geste, j'intime le silence à mon voisin. Un nouvel homme de main – ça en fait cinq, bon sang, cinq ! – rentre dans l'entrepôt. Il pousse devant lui une femme aux poignets attachés, les cheveux en bataille, la robe de travers, la lèvre fendue, un bâillon dans la bouche.

Sophie Chaumet.

Ma mère.

Chapitre 21

En dehors de sa blessure à la lèvre, ma mère n'a pas l'air d'avoir trop souffert. Pourtant, même d'ici, je ne me trompe pas sur la terreur qui l'habite. Elle avance voûtée, comme dans un rêve, les yeux baissés vers le sol de béton.

Je devrais pleurer de la voir ainsi prisonnière, et pourtant la première émotion que je ressens c'est le soulagement. Je n'étais plus sûre de rien après ce que j'avais entendu de la bouche des hommes en noir. Mais elle est bien là, et elle est en vie.

Je m'apprête à manifester ma présence lorsque j'aperçois le canon du revolver qui lui chatouille le dos. Les hommes d'IA Comp ne prennent pas le moindre risque. Je recule pour ne pas me faire voir, et le métal grince sous mon poids. Ce n'est rien, un simple couinement. Personne n'aurait pu l'entendre ; et pourtant, Mike tourne légèrement la tête dans ma direction avant de revenir à son immobilité de statue.

— Il a un flingue. C’est chaud, murmure Maxime.

Oui, c’est « chaud ». Je ne sais pas ce que je dois faire, je ne sais pas quand je dois agir, je reste spectatrice muette du drame qui se joue sous mes yeux.

— Sophie ! souffle mon père en apercevant sa femme.

Ma mère lève les yeux en l’entendant. Ses lèvres s’agitent sous son bâillon mais ses cris sont réduits à un grognement étouffé. Mon père la regarde un instant, puis tourne son attention vers la femme debout en face de lui.

— Alors c’est comme ça que tout se termine. Inès, je n’aurais jamais cru que tu me trahirais ainsi.

— Ce n’est pas personnel, Franck. IA Comp ordonne, et j’obéis.

— Même quand tu bafoues la loi ?

Un sourire éclaire soudain le visage de la femme, incongru dans ces circonstances :

— « Bafoues ? » J’ai toujours admiré ton vocabulaire, Franck. Mais la partie se termine ici. Tu n’aurais jamais dû quitter l’entreprise.

— Vous vouliez créer une armée de robots, proteste mon père.

— Et ? Est-ce que c’est si mal ? Après tout, les pays utilisent déjà des drones dans les zones de guerre. Ça réduit les pertes humaines, c’est un progrès non négligeable.

— Ne cherche pas à me convaincre. Je n’ai jamais voulu que mes recherches aient des applications militaires…

— C’est ce que disait Einstein, et paf, Hiroshima.

Depuis mon perchoir, je suis le ping-pong entre les deux sans plus oser respirer. Ils ont l'air de bien se connaître et cette rencontre ressemble à des retrouvailles entre deux vieux amis. Pourtant, je n'oublie pas ce qu'ont dit les hommes en noir. Mon père est en danger de mort…

— Pourquoi veulent-ils Mike ? demande Maxime de nouveau.

Pendue aux lèvres des différents protagonistes, je l'ai complètement oublié, encore une fois. Je manque tomber en avant et il me rattrape au dernier moment. Il me ramène en arrière comme si je ne pesais rien. Je me dégage de ses bras, impatiente, puis reprends mon observation.

— Je suis sûre que tu comprendras tout seul, je murmure. Tais-toi et écoute !

Si on m'avait dit que je donnerais des ordres au caïd de la classe. Mais il ne semble pas s'en formaliser, se contente de hausser un sourcil amusé avant de se pencher de nouveau en avant.

Je ne vois pas ce qu'il y a de drôle là-dedans. Ma mère est en danger. Mon père est en danger. Mike est en danger. Je suis en danger.

En bas, le silence s'éternise après la dernière intervention d'Inès. Mon père se frotte le menton, embarrassé.

— Est-ce qu'on pourrait négocier ? J'ai de l'argent de côté, que j'avais prévu pour terminer ce projet. Je pourrais te le donner, de la main à la main. Tu pourrais être riche – et avoir la conscience tranquille.

— En trahissant mes employeurs ?

— En faisant ce qui est juste.

L'espace d'une seconde, je me demande si mon père va réussir à la convaincre. Les sourcils froncés, Inès semble réfléchir.

Accepte, accepte, accepte, je me murmure en boucle. Si elle change de bord, tout s'arrange. Au moins pour le moment.

Mais mes espoirs sont douchés lorsqu'elle finit par lâcher sa cigarette et l'écraser au sol d'un talon décidé.

— Non, Franck. Tu as quitté IA Comp mais pour moi, cette compagnie, c'est ma vie. Je ne la trahirai pas. Je suis désolée. Bon, maintenant que nous avons bien discuté, il est temps de passer aux choses sérieuses. Mike, viens ici, mon garçon.

Mike ne bouge pas.

— Je ne comprends toujours pas pourquoi ils veulent le capturer, murmure Maxime. Et pourquoi…

— Parce que c'est un *robot*, je siffle en lui faisant signe de se taire.

Si j'avais espéré lui clouer le bec avec cette réponse, j'ai fait une grossière erreur.

— Un *quoi ?* un robot ? Qu'est-ce que tu as fumé ? Attends, ce serait un robot ? Mais non, c'est pas possible. Il ressemble à n'importe quel mec de…

— Tu veux vraiment parler de ça tout de suite ?

En bas, Mike reste les bras croisés. Il continue à arborer cet air détaché et ce sourire en coin qui confine à l'insolence.

— Relâchez d'abord Mme Chaumet, demande-t-il.

— Et tu viendras sans faire d'histoire ?

— Et je viendrai sans faire d'histoire.

Inès sort son revolver et le pointe sur le visage de mon père.

— Très bien. Mais pas de gestes suspects. Libérez la prisonnière.

Un des hommes s'approche et sort un couteau de sa poche. Ma mère pousse un gémissement apeuré lorsque la lame s'approche d'elle, mais il se contente de trancher ses liens. Elle reste ainsi quelques secondes, sous le choc, avant de porter enfin la main à son bâillon. Elle détache le morceau de tissu et crache par terre pour s'éclaircir la voix.

— Dans quelle situation tu me mets, Franck, soupire-t-elle en se massant les poignets.

Je ne peux m'empêcher de ressentir une bouffée de fierté. Ma mère n'est pas du genre à pleurer ou à se rouler par terre. Malgré tout ce qu'elle a vécu, elle parvient à rester digne.

— Maintenant, ordonnez à Mike de venir, lance Inès en bas.

— Je vous donne ma parole que je viendrai dès que Mme Chaumet sera en sécurité, répond l'androïde.

Inès grimace.

— Tu n'as pas de parole, tu as une programmation. Ce n'est pas à toi que je parle, mais à ton créateur. Franck, ordonne à Mike de nous obéir.

— Sa programmation ? Putain, mais c'est quoi ce bordel ? C'est vraiment un robot alors ? grogne Maxime.

— Oui, enfin un *androïde*, je précise.

— C'est dingue…

En bas, Mike s'adosse au mur, les bras croisés. Ses yeux captent la lumière des néons. Il a repris son air sardonique et semble copier les postures que prend Maxime au lycée. Rien à dire, il apprend vite.

— C'est vous qui voyez, articule-t-il d'une voix traînante.

— Eh bien, Franck, je suis impressionnée par les progrès que tu as faits en termes d'intelligence artificielle, ricane Inès. J'ai un ado chez moi, tu sais, et tu es parvenu à donner à ton robot la même expression boudeuse. Si je ne l'avais pas vu en action dans votre appartement je douterais presque du fait qu'il est artificiel. Bien. Tu as pris ta décision ?

— Oui, murmure mon père.

Il avance d'un pas, et cinq revolvers pointent vers lui. Mais il les ignore et se contente de serrer Mike dans ses bras.

C'est un geste tellement naturel, tellement touchant, que pendant un instant j'oublie presque qu'il ne s'agit que d'un tas de ferraille. D'ailleurs, Mike lui rend son étreinte. Ces bras capables de soulever une tonne se referment autour de son créateur avec une douceur surprenante.

— Tu vas me manquer, Mike…

— Vous allez me manquer aussi, professeur.

— Ça y est, la scène émouvante est terminée? ironise Inès. On peut passer aux choses sérieuses ?

À regret, les deux se séparent, l'homme et l'androïde, le créateur et la machine. Même Maxime retient son souffle à côté de moi. Je jurerais voir une larme briller sur la joue de mon père mais la pénombre l'avale aussitôt.

Mike pousse un soupir humain, tellement humain, puis il se met en marche. Un pas. Deux pas. Trois.

Il se retrouve derrière les hommes en noir, qui se referment sur lui tel un rideau humain.

— Ma femme ? demande mon père, impatient.

Maintenant qu'il a fait son choix, il n'a plus qu'une envie, partir d'ici. Comme je le comprends ! Et pourtant… et pourtant…

Ma mère avance à son tour, jusqu'à ce qu'ils tombent dans les bras l'un de l'autre. Réunion de famille, moment d'intimité. Les larmes jaillissent alors qu'Inès les contemple, d'une immobilité de statue. Elle attend patiemment que les effusions se terminent puis agite de nouveau son revolver.

— Vous pouvez partir. Mais avant, je vais devoir vous demander le mot de passe pour désactiver Mike.

— Vous devriez le trouver sans problème en l'étudiant, explique mon père, sourcils froncés.

— Oui, mais nous aimerions le déconnecter tout de suite. Ce sera plus simple pour le transport.

— Comment est-ce que ça pourrait être plus simple ?

— Contentez-vous d'obéir, d'accord ? Nous avons presque fini notre transaction, vous ne voudriez pas que les choses se compliquent, si ?

Et soudain, je comprends.

Je me demandais pourquoi Inès n'avait pas agi avant, pourquoi elle ne s'est pas précipitée sur mon père, pourquoi elle ne l'a pas fait prisonnier dès le début.

Elle n'a simplement pas confiance en Mike. Peut-être qu'elle ne sait pas à quel point il est inoffensif. Peut-être qu'elle n'a pas envie qu'il s'enfuie. En tout cas, une fois qu'il sera déconnecté, plus rien ne protégera mes parents.

Je repense en boucle aux paroles des hommes en noir : « Ça m'ennuie quand même de le tuer, c'est un grand scientifique. »

Le temps semble se figer. Je vois l'expression déterminée d'Inès, la manière dont ses hommes tiennent leur revolver. Ils n'ont pas l'air soulagés que tout se termine. Au contraire, ils ont l'air prêts à passer à l'action.

Je dois faire quelque chose.

Avant que Maxime ait pu me retenir, je me redresse à moitié sur ma plateforme :

— Papa ! Maman ! Ne faites pas ça ! C'est un piège, ils veulent vous tuer !

Aussitôt, tout n'est que chaos en contrebas. Les hommes de main lèvent les yeux vers le plafond et mettent leur main en visière pour essayer de m'apercevoir. Une balle siffle, comme par réflexe, et vient heurter la traverse à plus de deux mètres de moi.

— Ne tire pas, abruti ! hurle Inès.

— Léa ? crie mon père, abasourdi.

— Elle est là ! lance un homme après m'avoir localisé.

— Merde, ils nous ont shootés ! balbutie Maxime, toujours allongé.

Je me laisse tomber à côté de lui, sonnée. Si le tir avait été plus précis… Je n'avais pas pensé que quelqu'un viserait sans prévenir. Je l'ai échappé belle.

Et pourtant, je n'ai pas peur. Je n'ai *plus* peur. Je sens l'adrénaline qui court dans mes veines. Je m'effondrerai en position fœtale un peu plus tard, là je n'ai pas le temps.

— Je les ai entendus ! Une fois qu'ils auront Mike, ils voudront te tuer ! je crie de nouveau.

Mon père réagit en une fraction de seconde. Il n'a jamais été un homme d'action, pourtant il saisit la main de ma mère et court vers la porte du fond.

— Mike, protège notre fuite ! ordonne-t-il, la voix rendue aiguë par la peur.

Je croyais qu'il n'avait pas le droit de se battre ? Dans ce cas, que compte-t-il…

Comme s'il n'attendait que cette commande, le robot se lance en avant à une vitesse insensée. Inès cligne des yeux, incrédule – et en l'espace de ce battement de cils, il est déjà dix mètres plus loin et fonce en direction d'une armoire électrique frappée d'un sigle de danger.

Les lumières.

— Tirez ! Tirez ! Ne le laissez pas faire ! crie la femme.

L'écho des détonations se réverbère sur les arches de l'entrepôt, alors que Mike court sans se soucier du danger, sans chercher à se mettre à couvert. Heureusement, sa vitesse le rend difficile à toucher. Les balles rebondissent contre les tuyaux, sifflent contre les échafaudages, et j'étouffe un cri lorsqu'une caisse à un mètre de ma mère vibre sous l'impact d'un tir.

— Oh putain ! résume Maxime en rentrant la tête au maximum.

Il a l'air terrorisé, et pourtant ses yeux brillent d'une joie sauvage, comme s'il se sentait vivre au sein de ce champ de bataille. J'aurais aimé en dire autant. Je n'ai jamais eu aussi peur de ma vie. Machinalement, je cherche sa main et il la serre dans la sienne, un sourire figé sur le visage.

Un tir plus précis que les autres touche Mike à la hanche. L'impact lui fait perdre l'équilibre, mais il se rétablit comme un chat et continue sa course folle. De la fumée s'échappe désormais de son dos.

Il arrive à l'armoire électrique, détruit le verrou d'un coup de poing puis baisse les interrupteurs.

Chapitre 22

L'entrepôt a toujours été sombre mais, désormais, c'est l'obscurité totale. J'entends des cris et des jurons alors que les hommes s'agitent dans le noir. À côté de moi, la respiration de Maxime a l'air amplifiée.

— Oh merde, c'est bien un robot, admet-il enfin entre deux inspirations.

— Maxime…

— Un robot… sérieux !

— Maxime…

— Je n'arrive pas à y croire…

— MAXIME !

Je ne vois rien mais je le sens se tourner vers moi. Il doit être en état de choc, mais j'ai capté son attention… pour le moment.

— Il faut qu'on file d'ici, je murmure. Ils ont des armes, et ça risque de devenir dangereux s'ils commencent à tirer au hasard. Mes parents sont déjà en fuite…

— Super, d'ailleurs. Ils ne pensent pas à toi.

— Si…

Je m'interromps. C'est vrai que mon père s'est enfui directement avec ma mère en demandant à Mike de les protéger. Pas un mot sur moi. Est-ce qu'il a si peu de sentiments pour moi ? En même temps, dans son état de panique, je peux le comprendre. Il n'empêche, ça pique un peu.

Je tâtonne une seconde puis m'empare de la main de Maxime. Il la serre doucement, pour se rassurer, et ça me fait du bien à moi aussi. Tout est toujours moins effrayant quand on est deux.

— Tu te rappelles par où on est passés pour monter ici ?

— Vaguement, marmonne-t-il. Ça va être casse-gueule…

— Casse-gueule ou pas, on n'a pas trop le choix, je grimace. Allons-y.

Il m'obéit docilement. Il faut croire que tous les événements que nous venons de vivre ont détruit toute sa confiance en lui. Il recule et je le suis sans oser le lâcher. Nous avançons sur la plate-forme alors que les cris continuent en bas. Mike a provoqué une belle pagaille en coupant l'électricité.

Inès s'époumone en hurlant de rattraper mon père. C'est lui, la vraie cible. Nous ne sommes que du poil à gratter, du sable dans ses rouages.

Des lumières apparaissent progressivement alors qu'un homme prévoyant sort sa lampe torche. Les autres se contentent de leur téléphone portable, et les rayons fantomatiques font danser les ombres dans l'entrepôt. Ils avancent à moitié courbés, l'arme dans une main, la lumière dans l'autre. Ce n'est qu'une question de temps avant qu'ils parviennent à rallumer les lumières ou à rattraper mes parents.

Ou moi. Si jamais je leur tombe dessus, je sais déjà qu'ils n'hésiteront pas à se servir de moi comme otage pour retrouver mon père. Après tout, ils l'ont déjà fait avec ma mère…

Faute d'autre option, nous continuons notre progression, le plus silencieusement possible. Je suis sûre que l'escalier n'est pas loin d'ici. C'est là que je suis montée tout à l'heure. Il suffit de ne pas rater la marche. Il suffit…

Maxime me pousse en essayant de rétablir son équilibre, et je tombe dans le vide. Mon hurlement se réverbère dans tout l'entrepôt – au temps pour rester discrète ! J'ai raté l'escalier et je tombe dans le vide. Décidément, ça devient une habitude.

Cinq mètres de chute.

Le temps semble ralentir. Les lampes balaient l'air autour de moi et de mon cri.

Dans cet état de conscience exacerbé, j'ai le temps d'apercevoir avec un calme étrange les objets tranchants éparpillés sur le sol – couvercles métalliques aux bords acérés, clés anglaises abandonnées, morceaux de verre qui brillent sous la pâle lueur, poutres ornées de clous inquiétants.

J'ai le temps de tourner la tête vers Mike qui court vers moi avec sa rapidité surhumaine, les pistons dans ses jambes activés au maximum, une expression d'inquiétude sincère sur son visage de cire.

J'ai le temps de me réjouir.

J'ai le temps de réaliser qu'il n'arrivera jamais à temps.

Mike accélère encore, trait d'obscurité dans la semi-pénombre.

Trop tard.

À deux mètres du sol, mon bras gauche heurte un tuyau et j'ai à peine le temps d'enregistrer la douleur avant de rebondir sur un échafaudage et de m'étaler sur le sol de tout mon long. Une vague de souffrance me paralyse des pieds à la tête et, l'espace d'une seconde, je me demande si je ne viens pas de me briser la colonne vertébrale.

Mike s'accroupit à côté de moi, pose ses mains sur mes hanches, mes côtes, mes fesses.

Euh, qu'est-ce qu'il fait, là ? Je suis encore à moitié assommée par le choc et je trouve ça un peu déplacé. Enfin, mon cerveau se remet à fonctionner ; Mike se contente d'étudier mon corps à la recherche de fracture. Le soulagement qui éclaire son visage est plutôt rassurant.

— Tu n'as rien de cassé. Qu'est-ce que tu fais ici ? Tu nous as suivis ?

Je hoche la tête, incapable de prononcer la moindre phrase, et il me prend d'autorité dans les bras. Il a un truc avec ses bras, je ne sais pas, j'ai l'impression que je m'y retrouve assez souvent. Je jette un œil vers le haut mais je n'arrive pas à apercevoir Maxime dans la pénombre. En même temps, les ennemis ne savent pas qu'il est là. Il s'en sortira.

Enfin, j'espère, c'est quand même moi qui l'ai mis dans cette situation.

Mike doit sans doute être équipé de senseurs infrarouges ou je ne sais quoi de super efficace, parce que l'obscurité ne semble pas le gêner. Il slalome à travers des obstacles que j'aperçois au dernier moment. Ballottée contre son torse, je finis par fermer les yeux avant de faire une crise cardiaque.

— Il faut qu'on sorte ici, je parviens quand même à haleter.

Super pertinent, il ne s'en serait pas douté tout seul.

Il ne donne aucune indication qu'il m'a entendue, mais prend soudain son élan et bondit dans les airs. Je n'ai pas le temps d'avoir peur que déjà ses jambes puissantes atterrissent sur la rambarde dont je suis tombée.

Un saut de près de cinq mètres ! Pas étonnant qu'IA-machin ait envie de mettre la main sur Mike. En plus de son intelligence développée, c'est une vraie machine de guerre.

Une machine de guerre incapable de blesser le moindre humain, certes.

Nous progressons dans l'obscurité en direction de la sortie. Je ne sais pas où sont mes parents, j'espère qu'ils ont réussi à se cacher ou à s'enfuir. Des cris déchirent le silence par intermittence, alors que le rayon blafard des lampes éclaire autour de nous.

— Rattrapez-les, bande d'incapables ! rugit Inès au loin.

Bon, nous nous sommes éloignés d'elle, c'est déjà bon signe. Je coule un regard par-dessus l'épaule de Mike… et me fige.

Juste derrière nous, assez proche pour que je puisse le voir malgré la pénombre, un des hommes en noir nous vise de son revolver. À son air mauvais, je sens qu'il va tirer d'une seconde à l'autre. J'ouvre la bouche pour avertir Mike, mais l'homme se crispe déjà sur la gâchette…

Et Maxime lui tombe dessus.

— Haaaaa ! crie-t-il pour conjurer sa peur.

Parce qu'il a peur, aucun doute là-dessus. Le téléphone du sbire glisse sur le sol et éclaire le visage de Maxime d'un halo fantomatique. Il frappe une fois, deux fois, tout en bloquant le revolver de son pied. Il a l'air d'un possédé.

— Tu… vas… lâcher… ça ! ahane-t-il.

L'homme reste cramponné à son arme – mais il finit par perdre connaissance. Maxime se relève. Il a les jambes qui tremblent, et son sourire exultant manque de conviction.

— Je ne pensais pas que je me battrais un jour contre des mecs avec des flingues, marmonne-t-il. J'ai senti une balle me frôler l'oreille tout à l'heure…

— Tu as des alliés intéressants, Léa, observe Mike en réassurant sa prise sur mon corps.

J'en ai un peu marre d'être trimballée comme un sac de pommes de terre mais, en même temps, je ne sais pas si j'arriverais à tenir debout en ce moment. Je ne peux détacher mes yeux de l'homme au sol. Il a le nez éclaté, la lèvre fendue. Maxime n'y est pas allé de main morte.

— Je ne pouvais pas laisser un autre que moi te faire la peau, dit le garçon en souriant.

Les deux se regardent et une sorte d'étincelle de compréhension passe entre eux, le caïd et le robot. Puis ils reprennent leur course.

Une balle rebondit sur la poutrelle au-dessus de ma tête avant de disparaître dans l'obscurité. Une autre vient heurter un baril métallique dans une gerbe d'étincelles. Mike change de position; il court désormais courbé, comme s'il cherchait à m'envelopper de son corps. Je tente de changer de prise, de bouger, mais les mains de l'androïde me tiennent comme un étau. Une nouvelle rafale vient siffler à ses oreilles alors qu'un homme monte l'escalier à toute allure.

Mike se fond de nouveau dans la pénombre. Il avance en crabe en direction de la sortie. Maxime couvre nos arrières.

— Il a disparu ! rugit un des hommes de main.

— Eh bien continuez à le chercher ! répond Inès sur le même ton. Il ne doit pas s'échapper !

Nous glissons derrière un chariot élévateur, et Mike interrompt sa course. J'en profite pour me débattre, toujours sans grand succès.

— Tu peux me lâcher, tu sais. Je peux marcher !

— Non. Les probabilités que tu te prennes une balle, directe ou par ricochet, sont trop grandes.

— Tu as bien réussi à les éviter jusqu'à présent, je proteste. Tu crois que…

Et puis je m'interromps.

Non, il n'a pas tout évité.

Deux trous parfaits ornent son dos, là où l'alliage qui protège son ossature a arrêté les balles. Un troisième tir lui a éraflé le bras et la peau synthétique pend en dévoilant un éclat métallique.

En m'enveloppant ainsi, Mike m'a protégée. Si j'avais été touchée ne serait-ce que par un seul de ces tirs... J'avale ma salive, imaginant la souffrance que j'ai subie en tombant tout à l'heure, mais mille fois pire.

Tout à coup, ça ne semble pas une si mauvaise idée de rester dans ses bras.

Maxime est accroupi à côté de nous. Autant Mike ne transpire – évidemment – pas, autant Maxime a du mal à reprendre son souffle. Il coule des regards par-dessus le chariot élévateur, cherche à percer l'obscurité sans grand succès. C'est un miracle qu'il n'ait pas été touché.

— Il faut qu'on atteigne la sortie, observe tranquillement Mike.

Je le déteste à ce moment précis, je le déteste d'avoir cette voix si calme, ces yeux qui brillent toujours de cette lueur amusée alors que notre situation est critique, que mes parents sont perdus quelque part dans cette purée de pois, qu'ils se sont peut-être pris une balle... Après tout, ils n'ont pas un robot pour les protéger, eux.

Nous reprenons notre chemin, courbés comme des soldats sous le feu. Cela fait un moment que je n'entends plus de tir. Est-ce bon signe ? Au loin, les lumières semblent s'éloigner. Je reconnais le hall que nous avons emprunté tout à l'heure, et la porte de l'entrepôt qui se dessine au loin.

La liberté. Enfin.

Sauf que les énormes verrous sont de nouveau en place et que les vantaux blindés empêchent toute fuite.

— Merde, grogne Mike.

C'est tellement incongru, ce gros mot dans la bouche d'un androïde, d'un robot dont le vocabulaire a sans doute été programmé avec amour par mon père, que je me fige un instant dans ses bras. Mais, bien sûr, il doit avoir un système d'apprentissage intégré. Malgré tous ses efforts, ce n'est pas un humain.

— Qu'est-ce qui se passe ? demande Maxime en jetant des regards frénétiques vers l'arrière.

— En coupant l'électricité, j'ai provoqué le verrouillage de l'entrepôt, explique Mike. Je suis désolé. Je n'ai pas anticipé ça.

— Il faut croire que ton programme a encore des bugs, je grimace.

— Hé, lâche-le un peu, il t'a sauvé la vie, proteste Maxime.

C'est le monde à l'envers. Maxime défend Mike ? Je ne devrais pas ressentir de reconnaissance envers un simple robot. Je devrais accepter cela comme un dû.

Mais je hoche lentement la tête.

— Merci, Mike. Tu as été blessé pour moi. Tu n'as pas hésité. Je suis désolée de t'avoir considéré comme une machine.

Il hausse les épaules.

— Après tout, c'est ce que je suis, non ? une machine ?

Je ne sais pas quoi lui répondre. Ce n'est pas le moment d'avoir cette conversation. Et pourtant il semble attendre désespérément une confirmation de ma part. La lueur d'amusement a disparu de ses yeux, remplacée par une sorte d'angoisse. Qu'est-ce que je peux lui dire ? Qu'est-ce que je veux lui dire ? Qu'est-ce que je dois lui dire ?

Un bruit dans l'obscurité brise le fil de mes pensées. Une torche s'allume vers mon visage et je me protège de mes mains, éblouie.

— Eh bien, eh bien ? siffle une voix mauvaise. Il faut croire que je vous ai retrouvés. La partie est terminée. Allez, suivez-moi.

Je ne vois toujours rien, mais ça ne peut être que l'un des hommes de main d'Inès. Et j'entends très distinctement le cliquetis d'un revolver que l'on arme.

— Ne me faites pas répéter. J'ai l'autorisation de tirer.

— Fermez les yeux, demande Mike sur le ton de la conversation.

Facile : j'ai déjà les paupières à moitié collées. Je ne sais pas si Maxime obéit mais, en tout cas, je sens tout à coup une explosion de lumière aveuglante. L'homme pousse un juron. Il tire une fois, deux fois. Dans cet espace confiné, la détonation est assourdissante…

Après avoir perdu la vue, je me demande si j'ai aussi perdu l'ouïe.

Lorsque je peux enfin rouvrir les yeux, l'homme est toujours aveugle et vide son arme au hasard. Des balles ricochent contre la porte blindée. Ce n'est qu'une question de temps avant que quelqu'un soit blessé. Je m'apprête à me jeter au sol mais Maxime, lui, réagit par pur instinct. Il bondit en avant et son poing vient ébranler les mâchoires de notre agresseur.

Droite.

Gauche.

Il complète d'un coup de genou aux parties et son adversaire tombe sans un bruit. Le revolver glisse de sa main désormais sans force.

— Tiens ! halète Maxime. Moi, aucun programme ne m'empêche de frapper les humains !

— Qu'est-ce que tu as fait ? je demande à Mike.

— Je l'ai aveuglé avec une explosion de phosphore, soupire-t-il. C'est le maximum que je pouvais faire. Et encore, parce que ta vie était en danger.

— En gros, tu ne sers à rien, grimace Maxime.

— En gros, je ne sers à rien, confirme l'androïde.

— Eh ben moi pas. Maintenant, j'ai un flingue.

— Tu t'es déjà servi d'une arme à feu ? je demande d'une petite voix.

Maxime ouvre la bouche – puis hésite. Le revolver semble soudain peser lourd dans sa main.

— Non. Et je flippe, putain, je flippe comme un malade. Quand ce mec a commencé à tirer, j'ai cru qu'il allait nous toucher.

— Il l'a fait, annonce tranquillement Mike.

J'écarquille les yeux et sors de derrière son dos. L'androïde a deux nouveaux impacts de balle sur son torse, et des étincelles s'échappent de l'un d'eux.

Chapitre 23

— Ce n'est rien, marmonne Mike en s'adossant à un mur.

C'est quelque chose.

Le simple fait qu'il soit obligé de trouver un support montre son état de faiblesse. Jusqu'ici, il a encaissé les chocs sans sembler ni sentir la moindre douleur – car après tout, comment une machine pourrait-elle éprouver de la souffrance ? Il a survécu à une chute de quatre étages sans la moindre égratignure, et les premières balles ont ricoché sur le métal.

Mais ces derniers tirs à bout portant…

— Merde, grogne Maxime, exprimant le sentiment général.

Je me penche sur la blessure. C'est un tout petit trou dans le tee-shirt, qui aurait pu passer inaperçu si une légère fumée ne s'en échappait pas en continu. J'approche mon doigt, fascinée, et Mike m'écarte la main d'une tape amusée.

— Hé, on n'est pas encore assez intimes pour que tu viennes me tripoter n'importe où.

— Ce n'est pas le moment de plaisanter. Tu es blessé, et les autres vont venir.

— Et nous sommes enfermés, continue Maxime. Ça pue.

De nouveau, il a bien résumé la situation. Je promène mon regard autour de moi à la recherche d'une idée lumineuse. J'aurais aimé ne pas avoir peur, comme Maxime. Ou pouvoir soulever des centaines de kilos, comme Mike. Mais je ne suis qu'une fille lambda, avec ma mèche de cheveux qui me retombe bêtement sur les yeux, et pas la moindre idée en vue.

— C'est grave ? je demande en m'approchant de la blessure malgré les protestations de Mike.

Il n'a pas le temps de me répondre. Soudain, tous les néons de l'entrepôt se rallument en même temps. Le premier éblouissement passé, je regarde autour de moi. Dans la lumière crue, des détails apparaissent que l'obscurité avait dissimulés. Le sol de béton délavé, maculé de cambouis et d'huile de moteur. Les motos désossées dans un coin, à côté d'un établi à moitié brisé. Les cartons éventrés, les tuyaux perforés, les canalisations rouillées.

Et l'homme évanoui sur le sol.

— Cette fois, on est foutus, grimace Maxime.

Nos poursuivants apparaissent eux aussi à la lumière. Ils ne nous ont pas encore repérés, mais ils se séparent de manière méthodique pour fouiller l'entrepôt. Ce n'est plus qu'une question de minutes – non, de secondes. Je coule un regard vers le plus proche ; il tient son revolver en avant, le doigt sur la gâchette, comme s'il avait la ferme intention de s'en servir.

Et, finalement, nos regards se croisent.

Son visage s'illumine alors qu'il se dirige vers nous.

— Hé ! Je les ai trouvés !

Il lève son arme sur moi.

Presse la détente.

Et le poing de Mike vient le frapper avec toute la puissance de ses bras robotiques.

Chapitre 24

Lentement, l'homme plie les jambes et tombe sans un son. Il est évanoui avant même d'avoir touché le sol.

— Un robot ne doit pas blesser un humain, c'est la règle cardinale ! hurle Inès, folle de rage.

— C'est vrai ? demande Mike d'une voix douce. Je ne vois aucune trace de cela dans ma programmation.

Il se jette en arrière au moment où la femme fait feu. La déflagration est assourdissante, mais il a bougé trop vite et la balle se contente de le frôler.

Inès apparaît dans mon champ de vision. Elle ne m'a pas vue, et elle tient dans les mains une arme bien plus dangereuse que celle de ses sbires.

Un fusil à pompe.

Sérieusement ?

— Abattez-le ! Tout de suite ! Il est dangereux ! rugit-elle.

Il ne reste plus que trois hommes en noir, et leurs gestes trahissent leur nervosité. La première balle se perd dans les caisses, la seconde rebondit sans grand dommage sur le torse de Mike – qui se rue sur lui à une vitesse impossible. De nouveau, l'homme mord la poussière au premier coup.

— Putain, si j'avais su qu'il se battait comme ça, je ne l'aurais pas provoqué, murmure Maxime, caché derrière sa caisse. Hé, il était pas censé ne pas pouvoir frapper un humain ?

— C'est ce que j'ai toujours cru, je confirme. Je ne comprends pas.

Les balles sifflent en tous sens. Dans la confusion du moment, tout le monde m'a oubliée alors que j'observe la scène, les yeux ronds. Que s'est-il passé pour que Mike désobéisse ainsi à sa programmation ? Je n'y connais rien en informatique mais je pensais que ses lois étaient absolues ?

Je suis passé si près de la mort que je n'ose même pas me réjouir. Il suffit d'une personne qui se souvienne de mon existence, d'un homme en noir qui tourne son arme contre moi…

— Léa ! crie Maxime en me bondissant dessus.

Une rafale crépite au-dessus de ma tête et la rambarde de l'escalier grince sous les impacts. Écrasée sous le poids du garçon, je heurte violemment le sol. Je pousse un cri, tente de me relever, échoue.

Il y a des traces de balle juste au-dessus de ma tête. S'il n'avait pas agi…

Je n'arrive pas à retrouver ma voix. Pourtant, j'aimerais le remercier de m'avoir sauvé la vie. Lui dire que je n'aurais jamais cru que ça évoluerait ainsi quand je lui ai demandé de m'emmener à moto.

Mais les armes continuent à crépiter dans l'entrepôt, alors je me tais, et je prends ma tête dans mes mains, et j'attends que ça passe.

Et ça finit par passer.

Et le silence revient.

Et il est tellement étrange, ce silence, tellement menaçant, que j'ai du mal à respirer. Comme si l'anticipation pouvait m'étouffer.

— Chut, intime Maxime en se redressant à moitié pour regarder à travers deux caisses.

L'air sent la poudre. Ce n'est pas une comparaison, une métaphore utilisée jusqu'à la corde. C'est simplement la vérité. Je n'ai jamais senti cette odeur, et pourtant je reconnais tout de suite ce parfum âcre qui m'agresse les narines.

Quelque part dans l'entrepôt, une vieille caisse à outils se renverse sur le sol. Les marteaux et les tournevis résonnent sur le béton, dérangeant le silence sans que rien d'autre ne leur fasse écho.

— C'est fini ? je murmure.

— C'est fini, confirme Mike.

Je me retourne d'un bloc. Il se tient là, comme au premier jour, avec son sourire insolent et la lueur amusée au fond de ses yeux. Il a la même posture détendue alors qu'il s'adosse à un pilier.

Sauf que son bras gauche pend dans un angle impossible.

Sauf qu'il a plusieurs trous dans la poitrine, dont un de la taille d'un poing.

Sauf que des étincelles jaillissent de ses nombreuses blessures, et que de la fumée s'échappe désormais en continu d'une fissure dans sa jambe droite.

Je m'avance, mue par le désir irrépressible de le prendre dans mes bras, de lui dire que tout va bien. Mais Mike recule d'un pas.

— Attention. Si tu me touches, tu risques de te prendre une violente décharge. C'est comme ça que j'ai eu le dernier, d'ailleurs. Il s'est fait bêtement électrocuter en essayant de me désactiver à la main.

— Ils sont tous…

— Ils ne sont pas morts. Juste assommés. Certains ont peut-être des os cassés, mais j'ai fait ce que j'ai pu pour épargner les points vitaux.

— Et mes parents ?

— Sains et saufs. Ils n'ont pas réussi à sortir non plus, alors ils se sont barricadés dans la loge du gardien. Une bonne initiative de leur part. Ah, maintenant que le courant est rétabli, la porte devrait se déverrouiller. Si j'étais toi, je partirais rapidement. J'irais trouver la police avec tes parents, et je me débrouillerais pour que les gens d'IA Comp soient punis pour leurs crimes. Enfin, c'est ce que je ferais. Après tout, je ne suis… qu'un… robot.

Ses paroles se ralentissent, devinrent plus mécaniques. Les étincelles continuent à jaillir en continu.

— Tu es… mortellement touché ? demande Maxime dans le silence soudain.

— Oui, confirme Mike. Pas dans le sens où vous l'entendez, mais je suis irréparable en l'état. Je tiens debout en détournant des ressources d'autres fonctions. Vous pourriez dire que je tiens debout simplement par un effort de volonté.

— C'est impossible, je murmure. Tu as… et comment as-tu fait pour blesser des humains ? Je croyais que ta programmation t'en empêchait ?

— Pour être honnête, je le pensais aussi. Mais lorsque cet homme a braqué son arme sur toi, je me suis dit… (Il hausse les épaules). Je ne sais pas. Il faut croire que j'ai dépassé ma programmation originale. Que j'ai pensé par moi-même.

— C'est possible, ça ? balbutie Maxime.

— J'aimerais le croire. Ou alors c'est une conséquence des coups que j'ai reçus, des blessures que j'ai subies, des manipulations que vous avez effectuées. Mais je préfère penser que j'ai pu prendre une décision, à un moment, comme un homme libre. Et au diable ma programmation.

Je m'approche de lui, les yeux humides. Je tends la main vers lui et il recule instinctivement.

— Si tu me touches, tu vas te blesser. Je te l'ai déjà dit.

— Alors je ne peux même pas te prendre dans les bras ? Te remercier ? Ça semble… ça semble injuste.

— Ton sourire est une récompense suffisante. Te voir en vie est une récompense suffisante.

— Merde, grogne Maxime. Si n'importe qui d'autre sortait une phrase aussi cliché... Mais, vu ton état... vu la situation... Je crois bien que tu as le droit. Et je pense que je vais vous laisser un peu d'intimité.

— Non, souffle Mike. Ça n'a aucune importance, de toute façon. Mes batteries sont vidées et...

— On les rechargera !

— C'est impossible. Vraiment. Je... je ne sais pas comment je fonctionne encore. La logique voudrait que je sois déjà un morceau de métal inerte. Je suppose que je peux remercier ton père pour m'avoir construit aussi solide. De cette manière, je peux vous dire... au revoir. Et maintenant, filez. Inès et les autres ne resteront pas sans connaissance pendant des heures.

— Ce que tu as fait..., je commence.

Et puis je m'interromps, car les étincelles viennent de disparaître autour de Mike. Il tombe à genoux puis, lentement, très lentement, il glisse sur le sol.

— Je me demande s'il y a un paradis pour les robots, demande-t-il rêveusement. En tout cas, je n'ai jamais rêvé de moutons électriques.

Sa main droite a un spasme, puis ne bouge plus.

— Non ! je hurle. Non !

Je me jette sur lui, tente de le prendre dans mes bras maintenant que les étincelles ont disparu. Il a la peau douce, aussi douce que je m'en souvenais. Et chaude. Et souple. Maintenant que toute son énergie a disparu, il semble peser plusieurs tonnes. Malgré tous mes efforts, je ne parviens pas à assurer ma prise et je me contente de me serrer contre ce corps de métal, et pleurer, pleurer…

Pleurer.

Les larmes coulent le long de ses joues, vont s'écraser sur ce corps immobile, glissent sur le béton de l'entrepôt. À travers un brouillard, j'aperçois mes parents qui titubent dans ma direction. Je devrais me sentir soulagée, ils sont là, ils sont en vie. Et pourtant, j'ai comme l'impression qu'il me manque quelque chose, quelque chose que je n'avais pas conscience d'avoir et qui laisse désormais un vide béant.

— Euh, Léa… Il a raison, faut qu'on file avant que les autres se réveillent, murmure Maxime.

— Laisse-moi.

— Il s'est sacrifié pour toi. Il a défié sa programmation pour toi. Ce serait ridicule que tu restes ici et que tu retombes dans les mains d'Inès et de ses sbires. Ça détruirait tout ce qu'il a fait pour toi. Merde, ce Mike…

Maxime s'interrompt, cherchant sans doute un compliment à la hauteur.

— Ce Mike, c'était un mec.

Et puis mon père se précipite sur moi, et j'aimerais lui tomber dans les bras mais il me pousse loin, loin de Mike, et je ne comprends pas, j'ai envie de lui demander ce qui lui prend, et pourquoi il a l'air aussi paniqué, après tout le danger est passé, non, et pourquoi Maxime se met à courir lui aussi, et puis le robot explose dans une gerbe de flammes et le souffle me projette sur le côté.

Ah.
C'était donc pour ça.

Mike a disparu à tout jamais.

Chapitre 25

La neige tombe doucement sur la ville endormie. Les fenêtres des appartements sont fermées et les rares voitures dans les rues avancent au pas, contribuant à l'impression de lenteur générale. Paris est emprisonnée dans une gangue cotonneuse et silencieuse.

Je suis la première à émerger dehors. Un flocon se pose sur ma joue et fond comme une larme. J'ai du mal à croire que tout est terminé. Je suis encore en vie. Mes parents sont encore en vie. Maxime est encore en vie.

Et Mike…

Mike, non.

C'est étrange de me dire que je ne le connaissais que depuis quelques jours. Trop peu de temps pour s'attacher à quelqu'un – et pourtant. Je regrette son regard amusé, ses sourires en coin, la manière dont il se tenait toujours à côté de moi pour me protéger, dont il semblait toujours en décalage avec le monde qui l'entourait.

Je regrette tout simplement sa présence.

Mon père pose sa main sur mon épaule, sans rien dire. Il n'y a rien à dire, de toute façon. Dans l'autre main, il tient celle de ma mère, encore choquée. Tu parles. Je pense que ces deux-là vont avoir pas mal de trucs à se dire. Mon père nous a mis en danger avec son projet, sans nous en parler, sans mentionner les risques. Pour l'instant, je n'arrive pas à lui en vouloir. Ça viendra. Je dois être trop fatiguée.

Maxime sort à son tour et regarde autour de lui en se protégeant les yeux de la main. Il ne semble pas souffrir du froid – en même temps, c'est le genre à ne jamais se plaindre, à considérer que ce serait une preuve de faiblesse. Son souffle se condense avant d'être dispersé par une légère brise.

Je me dégage de l'étreinte de mon père, le rassure d'un sourire, puis marche d'un pas mal assuré vers ce garçon qui m'a sauvé la vie.

— Sacrée soirée, commente-t-il. Si j'avais su, je me demande si j'aurais accepté de te servir de chauffeur. Je me demande toujours pourquoi j'ai dit oui, d'ailleurs.

— Parce que tu savais que j'étais en détresse et que j'avais besoin de toi ?

— Nan, j'en avais rien à foutre.

— Alors parce que tu aimes le danger et que tu sentais que j'allais au-devant des ennuis ?

— Ouais, c'est plutôt ça.

Il se masse l'épaule. Il sort à peu près indemne de cet affrontement au sommet. Les balles l'ont miraculeusement épargné. Une estafilade court le long de son flanc droit, et il boite un peu, mais ça aurait pu être bien pire.

Nous restons quelques secondes à regarder le ballet des flocons sur l'asphalte triste de la banlieue parisienne. Enfin, Maxime s'ébroue.

— Je t'aurais bien proposé de rentrer à moto, mais j'imagine que tes parents trouveraient ça trop dangereux ?

J'esquisse un pauvre sourire. Après tout ce que nous avons vécu, le pire, c'est qu'il a raison. Mon père serait bien du genre à me l'interdire.

— Non, c'est gentil. Je vais rentrer avec eux. Je crois qu'on a beaucoup de trucs à se dire…

Il hoche la tête, met les mains dans ses poches et remonte sa capuche. La neige a déjà commencé à le recouvrir de blanc.

— Tu sais quoi ? Je t'ai toujours prise pour une fille sans intérêt.

— Merci, je murmure.

— Non, vraiment. La fille qui ne se fait pas remarquer, toujours discrète, avec des amis aussi mous qu'elle. Jamais de vague, jamais de folie. Eh ben je dois dire que niveau folie, tu as fait fort cette nuit. Je ne te verrai plus jamais de la même manière.

J'en reste les bras ballants. Je sais que je devrais répondre quelque chose. *Merci*, peut-être. Ou bien *connard.*

Je viens de partager une soirée avec Maxime que je n'aurais pu partager avec personne d'autre. Nous avons fui ensemble, saigné ensemble, combattu ensemble. Je me sens désormais plus proche de lui que de Mounia ou Arthur, et ça me fend le cœur.

Mais ça non plus, je n'arrive pas à le dire. Je revois en boucle l'expression de Mike, la mélancolie sur son visage, alors que la vie disparaissait de ses yeux.

— Il t'a choisie, tu sais, continue Maxime.

— Hein ? je souffle, arrachée à ma rêverie.

— Il croyait qu'il n'était qu'une succession de 0 et de 1, et qu'il devait obéir à sa programmation. Et finalement, quand il t'a vue en danger, il a agi. Il a brisé tout ça pour te venir en aide. Ce n'est quand même pas rien.

— Et il est mort.

— Oui. Il est mort. Mais il ne tient qu'à toi de lui redonner vie.

Je renifle.

— Même si mon père le reconstruisait, ce ne serait plus pareil. Ce ne serait plus Mike.

— Avec ça, peut-être que si.

Maxime sort la main de sa poche. Il tient une sorte de boîte en métal dont dépassent une myriade de fils colorés.

— Qu'est-ce que c'est que ce truc ? je murmure.

— Je ne m'y connais pas du tout en informatique, explique Maxime en essuyant doucement la neige qui tombe sur le boîtier. Mais si tu veux mon avis, ça ressemble beaucoup à un disque dur. J'ai dû en rajouter un sur mon ordi pour installer le dernier *Call of Duty*.

— Un disque dur…

— T'emballe pas. Je ne sais pas si j'ai raison, si c'est bien un disque dur, si ça contient des données intéressantes… mais je me disais que tu devais l'avoir.

— Quand est-ce que tu as pris ça ?

— Quand tu le serrais contre toi et que tu pleurais. Il était déjà inerte, alors bon. Et je me disais que ça te ferait un chouette cadeau. À toi de voir ce que tu en feras. Tu peux l'enterrer dans ton jardin, si tu veux. Ou le donner à ton père. Il saura sûrement quoi faire avec.

Lentement, je referme mes doigts sur le précieux boîtier. Est-ce mon imagination ? J'ai presque l'impression de le sentir battre comme un cœur contre ma main.

— Non, je crois… que ça restera notre secret, je murmure. Et je crois aussi que je vais apprendre un langage de programmation… au cas où.

— Ouais. Qui aurait cru que l'informatique pouvait être sexy, hein ? En tout cas, si tu arrives un jour à le reconstruire, tu lui dis que je l'attends. Un contre un. Ça pourrait être fun.

— Mais tu as vu à quel point il était fort et…

— Allez, tu devrais rejoindre tes parents, ils te font des grands signes.

Je m'interromps et, dissimulant un sourire, je me penche pour embrasser Maxime sur la joue. Il a l'air plus embarrassé qu'autre chose.

Dans ma poche, le boîtier continue à battre au rythme de ma respiration.

Épilogue

— Tu comptes vraiment continuer tes recherches ? demande Sophie Chaumet.

Franck lève les yeux de son ordinateur et prend le temps de se masser les tempes avant de répondre.

— Ce domaine, c'est toute ma vie. Maintenant qu'IA Comp a été mis hors d'état de nuire et que nous avons porté plainte contre eux, ils devraient me laisser tranquille. J'étais si près du but ! Mike était à deux doigts de réussir le test de Turing !

— Mike était buggé, tranche Sophie.

— Comment ça ?

Elle hausse les épaules.

— Je ne lui en veux pas, c'est grâce à ça que nous avons la vie sauve, après tout. Mais il n'en reste pas moins que Mike s'est libéré de sa programmation. Il a violé l'interdiction d'attaquer des humains. Tu te rends compte, si ça se savait ?

Franck hoche la tête sans rien dire. Il semble impatient de revenir à son travail mais, cette fois-ci, Sophie ne compte pas abandonner le terrain. Surtout, quelque chose cloche. Elle n'arrive pas à mettre le doigt dessus, mais un détail ne cesse de lui échapper.

Finalement, elle réalise ce qui la dérange depuis le début.

— C'est toi, murmure-t-elle.

— Moi, quoi ?

— C'est toi qui n'es pas normal. C'est ta réaction qui me surprend. Ton robot, ton enfant, ton bébé, échappe à ta programmation et tu t'en moques complètement ? Tu n'as pas l'air plus surpris que ça, plus affecté que ça ?

— Je ferai des tests pour m'assurer que ça ne se reproduise pas, répond Franck, la voix égale.

— Ce n'est pas de ça dont je parle ! Bien sûr que tu feras des tests, bien sûr que tu continueras à travailler, je te connais. Mais justement. Le Franck que je connais n'aurait pas accepté ce défaut comme ça. Le Franck que je connais serait en train de se torturer pour essayer de comprendre ce qui s'est passé. Le Franck que je connais serait inconsolable avant de mettre la main sur le bug.

Franck ôte ses lunettes et les essuie machinalement contre son pull. Comme toujours lorsqu'il est nerveux. Pourtant, lorsqu'il les chausse de nouveau, sa voix est d'un calme inquiétant.

— Et alors, qu'est-ce que tu en conclus ?

— Un bug est apparu dans un programme que tu as écrit. Tu n'as pas l'air de t'en soucier. Donc, soit tu as changé, soit…

— Soit ?

— Soit il n'y a pas eu de bug du tout.

Franck part d'un rire forcé.

— Allons, Mike s'est battu contre des humains.

— En effet, acquiesce Sophie. Lorsque Léa s'est retrouvée en danger. En danger de mort. Et je me suis rendu compte à mes dépens que Mike était plus enclin à protéger ta fille que moi. Merci, d'ailleurs, on en reparlera. (Elle prend une grande inspiration). Alors est-ce que je vais trop loin en me disant que tu as peut-être, volontairement, rajouté dans ton programme une exception la concernant ? Est-ce que tu n'aurais pas permis à Mike de se battre, si et seulement si Léa était en danger de mort ? Sans même savoir si ça te servirait un jour ? Juste parce que tu aimes ta fille ?

Franck garde longtemps le silence. Lorsqu'il finit par parler, un respect nouveau transparaît dans sa voix.

— Tu ne voudrais pas te mettre à l'informatique ? Tu serais incroyablement brillante.

— Non merci, Franck. J'aime mon métier. Au moins, dans mon métier, on ne se fait pas kidnapper par une entreprise concurrente.

Les deux se regardent, un demi-sourire aux lèvres. Finalement, Franck se penche en avant.

— Tu ne le lui diras pas ? à Léa ?

— Quoi, que Mike était programmé pour la défendre ?

— Elle est convaincue qu'il a rejeté sa programmation pour elle. Elle a besoin de l'humaniser. C'est bon pour elle, pour le travail de deuil.

Sophie renifle.

— Tu la protèges trop. Elle vit déjà dans un monde de littérature fantastique. Elle nous en voudra un jour de lui cacher la vérité.

— S'il te plaît, chérie. Laisse-la encore un peu espérer.

Franck s'empare des mains de son épouse, suppliant. Sophie tente de soutenir son regard puis finit par baisser les yeux.

— Très bien. Ne brisons pas ses rêves, alors.

Elle donne un coup de pied désabusé dans la table, lâche un profond soupir.

— Miracle de l'amour, tu parles. Juste une ligne de 0 et de 1 supplémentaire écrite par un papa gâteau.

*

Je remonte lentement les escaliers. Après tout ce que j'ai vécu, j'ai eu du mal à trouver le sommeil. Il y a eu ma déposition au commissariat, l'intervention des services spéciaux, les innombrables questions, la confrontation avec mon père, pour qu'il me révèle enfin la vérité.

Sauf qu'il me mentait encore. Je suis descendue chercher un verre de jus d'orange, et j'ai entendu sa petite conversation avec ma mère.

— Hum.

Je ne sais pas si je dois me sentir touchée de l'amour qu'il me porte, au point d'avoir modifié ses travaux pour me protéger. Ou si je dois en avoir marre qu'on me cache toujours tout.

Ou, simplement, si je dois me sentir triste d'apprendre la vérité sur Mike.

Il n'a pas développé de sentiments. Ce n'était qu'une machine, du début jusqu'à la fin. Je suis si bête, si naïve.

Et pourtant.

Et pourtant, je ne peux pas avoir tout inventé. Mon père est peut-être le meilleur informaticien de l'univers, mais il n'a pas pu programmer toutes les émotions que j'ai entrevues en Mike.

Je m'assois sur mon lit, et je soulève le boîtier de métal que m'a confié Maxime. La lumière de ma lampe de chevet se réverbère sur le chrome. Je ne sais pas ce qu'il y a là-dedans, mais je compte bien le découvrir.

Je me demandais quelles études j'allais faire, quel métier j'allais choisir. C'est compliqué, l'orientation, et les profs ne nous aident pas beaucoup. Mais là... là, j'ai une vraie motivation.

OK, je suis nulle en maths. Et alors ? Je peux m'améliorer.

Un jour, je serai capable de continuer les travaux de mon père. Et ce jour-là, je recréerai Mike. Plus fort encore, plus parfait, plus... humain.

Et il se souviendra de notre rencontre, parce que j'ai ce disque dur dans la main, et qu'il est chaud comme sa main dans la mienne.

CASTELMORE C'EST AUSSI...

... LES RÉSEAUX SOCIAUX

Toute notre actualité en temps réel :
annonces exclusives, dédicaces des auteurs, bons plans...

facebook.com/CastelmoreFR

Pour suivre le quotidien de la maison d'édition et
trouver des réponses à vos questions !

twitter.com/CastelmoreFR

Les bandes-annonces et interviews vidéo sont ici !

youtube.com/CastelmoreFR

... LA NEWSLETTER

Pour être averti tous les mois par e-mail de la sortie de nos romans.

www.bragelonne.fr/abonnements

... ET LE MAGAZINE NEVERLAND

Chaque trimestre, une revue de 48 pages sur nos livres
et nos auteurs vous est envoyée gratuitement !

Pour vous abonner au magazine, rendez-vous sur :

www.neverland.fr

Castelmore est un label des éditions Bragelonne.

Aubin
IMPRIMEUR

IMPRIM'VERT
Votre imprimeur agit pour l'environnement

Achevé d'imprimer en octobre 2016
N° d'impression 1608.0314
Dépôt légal, novembre 2016
Imprimé en France
36231192-1